右玉，一部浩瀚的传奇

郭虎　宋清芳 ◇ 著

山西出版传媒集团　北岳文艺出版社

·太原·

图书在版编目（CIP）数据

右玉，一部浩瀚的传奇 / 郭虎，宋清芳著 . —太原：北岳文艺出版社，2020.12
ISBN 978-7-5378-6227-1

Ⅰ．①右… Ⅱ．①郭… ②宋… Ⅲ．①诗集－中国－当代 Ⅳ．① I227

中国版本图书馆 CIP 数据核字（2020）第 107009 号

书　　名：右玉，一部浩瀚的传奇
著　　者：郭　虎　宋清芳
责任编辑：李建华
书籍设计：张永文
印装监制：郭　勇
封面油画：范迪安

出版发行：山西出版传媒集团·北岳文艺出版社
地　　址：山西省太原市并州南路 57 号
邮　　编：030012
电　　话：0351-5628696（发行部）
　　　　　0351-5628688（总编室）
传　　真：0351-5628680
经 销 商：新华书店
印刷装订：山西人民印刷有限责任公司

开　　本：710mm×1020mm　　1/16
字　　数：210 千字
印　　张：15
版　　次：2020 年 12 月第 1 版
印　　次：2020 年 12 月山西第 1 次印刷
书　　号：ISBN 978-7-5378-6227-1
定　　价：46.00 元

右玉全景（徐吉 摄）

三十二长城（徐吉 摄）

西口古道（徐吉 摄）

西口古道（徐吉 摄）

一把带有韵脚的舒屈剑

（序）

潞　潞

郭虎是我相交多年的朋友，是山西在雁门关外颇为活跃的当代诗人。前些年，他和白羽平合作的诗画集《北·以北》就曾名噪一时。想不到沉寂数年，一本长诗组歌《右玉，一部浩瀚的传奇》又沉甸甸地放在我的案头。这一次，郭虎先生的合著者是宋清芳女士，两位都是朔州人，骨子里蕴藏的都是那种硬朗豪放又不乏纤巧睿智的基因，想来他们的作品从内容到形式，一定会有极强的冲击力。

果不其然，我仅粗略翻了几页，就被文本咄咄逼人的气场所吸引。从右玉遥远的旧石器时代到北寒之地的恒阳十景，从久久为功的二十任县委书记到一百多名绿化功臣，从流行于民间的寺庙赛社到三十二长城的油画家……可以说，被小老杨层层绿叶覆盖着的右玉，小到一粒细沙，大到一个朝代，都被诗人用精练独到的语言丝丝入扣地刻画出来了。如此酣畅淋漓的宏观描述，真不是一本诗集所能容纳得了的，分明是一部富有情感之幽邃、想象之奇崛、形象之明确、节奏之错落的瑰丽画卷。

我从郭虎那里了解到，为了创作这部长诗组歌，作者可谓费心劳力。将近三年时间,两位诗人通过不断地查阅史志、实地考察、人物走访、民俗体验和潜心创作,最终成就了这样一本大部头作品,不敢言其九转功成,但心血和期许是实实在在的。

以诗歌的语言来描绘一部右玉浩瀚的历史传奇,听起来真有点《伊利亚特》和《奥德赛》的味道,但我从郭虎先生那张典型的北方汉子的脸庞上,分明看出那种"弓摧南山虎,手接太行猱"的悍勇和刚毅。由是,我对这本长诗也充满了特别的期待。

郭虎和宋清芳生于斯、长于斯,他们的诗风颇似古代的边塞诗派,有着那种雄浑、磅礴、豪放、浪漫、悲壮的特点,但又与古格律诗有着更加鲜明的区分,彰显出当代现实主义写作真实性、典型性和客观性的诸多特征。他们出于本真的写作个性,并没有因为诗歌的合著而背离了文本的统一,削弱了中间代诗歌相对独立的美学价值,反而形成一股更加强大而包容的合力,他们自身存在的精神气质与澎湃的想象力同样得到充分的体现和放大。

《右玉,一部浩瀚的传奇》这部诗集分为四个大的章节,每一章又有独立的小节,或以纵向历史轨迹延伸,或以横向平行记录铺张,使脉络显得更清晰,形式显得更新颖,审美显得更隽永,极大地增强了阅读快感。

语言风格在诗歌中形同灵魂,特别是语言的意象表达往往决定了诗歌的成功与否。

"要打马穿越夏朝商朝/在黄河中游坐读文明碎片/并在文明的空隙唏嘘时光如刀/纪念一次,割据一次/城池和河流携手,战鼓和旗帜照应/雁门风声紧,号角沙哑的时候/匈奴的铁蹄都是梦里阴山的疤痕"……

读完这一段,即可看出长诗的语感具有凝练厚朴的时代特性,凸显出意气风发、豪情万丈的文字张力。历史风烟的波诡云谲,以磅礴的诗意方式表现得淋漓尽致,并赋予诗句别样的丰盈和灵动。

"战国之前我是谁,战国之后谁是我/如果右玉可以发问/谁又能精准地用中原的版图,画出右玉的经纬/赵武灵王不过是拓疆

千里 / 胡服骑射而今来看，也不过雕虫小技 / 唯有青铜剑冷漠的寒光 / 让我们仿佛看到了一场厮杀 / 在月黑风高的夜晚 / 偷袭长城之内温暖的乡愁"……

"这是一片宁静的土地 / 梯田层层呼应，色彩块块镶嵌 / 这是一方安详的水域 / 俯瞰，能照见你濒临的内心"……

每一句诗有每一句诗的音韵之美，每一组诗有每一组诗的结构之奇，每一章诗有每一章诗的整饬之趣，诗人为读者营造了一个又一个余味回甘的含蓄意境，令人不忍释卷。

当下的读者，很少有能够坐下来安静地阅读一个下午或一个晚上的，人们越来越习惯过快节奏的生活，可作短暂停留和凝睇，而要让读者耐心读一部长诗，不仅取决于诗歌的内涵，更取决于作品的艺术感染力。一部长诗，如果能够一口气读下来，感觉不到困倦和乏味，应该说这部长诗已经成功了一半。《右玉，一部浩瀚的传奇》起码做到了这一点。

据说宋朝的时候有一种宝剑称作"舒屈剑"，有着吹毛立断的锋利，并可化为绕指柔，"用力屈之如钩，纵之铿然有声，复直如弦"。郭虎和宋清芳的长诗就像一柄蟠钢剑，或凌厉，或柔软，直抵右玉最深层的自然与人文脏腑。

右玉是山西乃至全国的一面绿化旗帜，而两位诗人经过三载艰苦的创作，为"右玉精神"的发扬光大提供了非常形象化的文学作品，亦为山西文坛增添了一抹靓丽的色彩。在此，我为两位诗人感到由衷的高兴。

序

  右玉像一颗璀璨的巨星,点亮了历史的灯塔,照亮了人类的精神之树。多少人沿着右玉奇迹般的生态史,以各种体裁、题材展现右玉十万余人、七十年坚韧不拔的奋斗历程,记录从旧石器时期以来这片土地上风云变幻的历史轨迹。这些作品读来惊心动魄,令人感慨万千。但作为诗人,我们还想以诗歌的笔触和情怀,以特有的呈现,把传奇的右玉,浓墨重彩,重新排版,用诗歌特有的语言,展开一幅长长的画卷。

  以长诗组歌记录浩瀚的右玉史,任重道远。它不同于我们平时的组诗结构,把视觉下的镜头,移步换景,总分调配,主题鲜明,以诗歌特有的文字铺展即可。我们除了想以诗歌的语言和布局之外,更祈愿全局把握右玉从古到今经历过的沧海桑田:绿化史,奋斗史以及农工商和民俗、特产、人文情怀……这就既需要全局把握,布设篇章,以一定的层次次第展开,又要以不同的诗歌语言风格调动读者眼球,避免单调困乏。任务艰巨,需要我们坚韧不拔地去开辟、创新、承担。

  查阅史志、实地考察、人物专访、体验民俗、走访民间、感受情怀……这些前期的预备工作,就像长跑前的热身。我们有高昂的热情和诗歌赋予的使命,带着诗意之心,穿越古今多少事,内心潮起潮落多少夜，想极尽所能，完成这部浩瀚的传奇。

万事俱备之时，右玉子夜月华满天。高挂天上的是一颗明亮的星球，借助它之光芒，散发自己清丽朴实的本质。就像旧石器被诗歌认知、感怀，散发出来的特别魅力，它是古朴的，也是典雅和自带光芒的。

对，就从旧石器开始，寻着历史在右玉落下的每一个蹄印，追着它们的光芒，散发光芒。

所以，长诗开篇综述右玉传奇，以为题记。

第一章为"历史篇"，回顾历史那些欲说还休的记忆。从遥远的中生代时期李达窑小东沟的恐龙骨架开始，到旧石器青铜的底色、地质年代留在右玉石壁上的岩画，到张家山人和丁家村人茹毛饮血时的陶片，到夏商疆域、春秋战国争霸、秦朝饮马黄河、五代十国时的马邑之战；草原民族把右玉作为入驻华夏的跳板，右玉林卫之战鞑靼的铁蹄，土木堡之变时的内外矛盾，边关贸易时右玉大山里的马市，以及三娘子、右卫文庙、麻家将、朔平府、玉林书院、恒阳十景遗留的文明碎片，我们把每一次历史留在右玉的痕迹作为一个章，又分成几个大节，一些小节。每一章以诗歌标题形式总括，然后每一节以诗歌的意境，复制当年风云变幻史。节与节既自成一体，又融会贯通每一章，也是整部长诗里一个大的历史场景，为后来右玉因为战争带来的苦难，有了伏笔之效。

第二章作为"奋斗篇"，承上启下，回顾历史如大梦：战乱、兵火、风沙、干旱，这些历史之殇展现给我们的是食不果腹、民不聊生的右玉。从毛乌素沙漠，到"六月雨过山头雪，狂风遍地起黄沙""北风卷地白草折，胡天八月即飞雪"。每两年一次洪灾，十井九口干。贫穷落后，让右玉欲哭无泪。

本章以节分层，先展现苦难，再让那些被历史记住名字的二十任县委书记，一百多名绿化功臣一一登场。右玉的山山水水记着他们，一草一木记着他们，诗歌记着他们：张荣怀、马禄元、庞汉杰、张沁文、常禄、袁浩基、赵向东、毛永宽、余晓兰、伊小秀、韩祥、王占峰、张一、李云生……他们都是长歌当哭的英雄，桂冠之下是血泪史、奋斗史。

每一节诗歌都以叙事诗的笔触，把他们历经的、哭过笑过的感情和睿智的思考描出来，画出来，刻出来。因为人物众多，故事冗长，光以叙事诗语言表达，难免拖沓，而且这些英雄历史基调都是绿化、生态、奋斗、忘我。这就需要每一个人给一个舞台，每个单独的舞台又聚合成绿化奋斗的群像。诗歌语言不能因为叙事而漫长拖拉，也不可能处处诗意激情，所以我们想极尽所能，融合所有表达效果，力求多一些形式，多一些风格，多一些曾经没有过的探求，营造多维体验。

希望如此，希望结果亦如此。

崛起的右玉成为世界的一面旗帜，威远工业园区建成了，旅游文化节成立了，全国独轮车锦标赛举行了。立体绿化是屏风，人文右玉是精神，右玉像一匹腾飞的骏马，向着更远更高的方向，奋蹄驰骋。

第三章"民俗篇"。

所有经历过的苦难都成了财富，古时的恒阳，今日的右玉，犹如被岁月磨砺过的玉石，处处闪烁着温润的光泽。这一章分五大节，第一节描摹了曹洪山、牛心山、苍头河和桑干河等典型的山水景致。第二节是诗与右玉的莜麦、土豆、豌豆、苦荞茶的相遇。第三节写看社火、逛庙会、在右卫城里的水陆会烧香、于娘娘庙的商贸交易间流连。黄篆会、文昌会等集会云集，右玉处处风生水起，人们就像生活在天堂一般。第四节通过民间社火，更集中体现了如今右玉人安居乐业的美好生活：车车灯、划旱船、旱板车、耍龙灯、地滚子、秧歌队、踩高跷……各种各样的民间艺术充实着右玉人的精神生活。"社火起，历经沧桑的右玉，像一个生龙活虎的小伙子，大步向前。"你若来到右玉，会被不一般的乡俗温暖。这就是第五大节以诗歌特有的形式呈现给读者的感受。把右玉时节按时间顺序打开，再现，就像你正在走过这些时间，在故事里作为主角，你的心随着右玉的日月,旋转、跳跃,激动不已。

　　第四章"行走篇"。行走右玉,每一棵树就是一个故事,每一株草就是一处景致,每一块土地都生长着右玉的光芒。所以,在右玉诗意地行走,你的心就和右玉的山山水水、草木花鸟融为一体。在三十二长城与油画家们共诉流年;在王四窑迎着秋风眺望;在杀虎口驰骋你的想象;在苍头河陈列你的乡愁;在西口古道回眸一笑;在康熙大营点燃篝火;在小南山轻轻怀念;在玉林书院品茶论诗……在马头山、北辛窑、薛家堡、右卫镇、云石堡找到那些不能忘记的时间,把落英花插在双鬓……大美右玉以璀璨的春色,迎风起舞,正大踏步走向前方!

　　抬头眺望,遥远的蓝天之上,白云悠悠千古不变。低头沉思,祈愿所有的爱和那些被纪念的故事源远流长。稚嫩之笔不能完美呈现,但有一颗忠诚的心,这些诗句就会随着右玉的脉搏一起跳跃,她们已融为一体。

长诗组歌

◆ 郭虎 宋清芳

右玉,是一部风云变幻的史册
是茫茫史册里一个闪光的词汇
是词汇后最有力的叹号
是叹号末尾的最强音
无数人,在这片曾经蛮荒的土地
演绎出一场又一场传奇

历史的光芒一直闪烁,时空转换间
那些积淀下来的精神
为右玉撑起了蔚蓝的天空
用流水记忆时空,用火把点燃岁月
用几十年的梦和梦的距离
对接一个地方
是书写者不倦的使命

把右玉放在心灵的高度瞻仰
还不够
还需对着晨钟暮鼓,嗫嚅一个名词
让他青松般不老,让他
如火把,照亮蜿蜒的路途
如诗篇,描绘万种情愫
如音韵,倾诉世间真诚

让他如灯，如光，如纪念，如幻影
如大楷书写的爱
蘸满春秋的墨汁

用心灵
记录右玉的山山水水
记录他的一草一木，历史沧桑
记录曾经蛮荒时代的苦难
和那些翻天覆地的变化
记下付出的艰辛，烙下的幸福
和长短不一的落寞

用诗见证右玉，是纯真的
用诗的意境描摹右玉，是丰盈的
用心与心的交融
来见证右玉的人文，地理，历史和如今
见证七十年来
右玉人用愚公移山志
开拓出誉满全国的"塞上绿洲"

生命般的绿荫
覆盖了风沙、贫穷，涵盖了丰富的历史
包容了鼎力的精神
让我们一起来叙述
一起用最永久的纪念
唱响一段传奇
继而踏响更远的鼓点，声声铿锵
朴实无华……

　　　　　　　　　——谨为题记

目 录

第一章 我们用故事诉说故事，昨天穿越而来

想象并不遥远，故事就在这里合拍

  历史低声倾诉，你来聆听……………………………… 003

曾经沧海难为水，远古留下的印记是右玉额头的一道闪电…… 005

旧石器，文明的光芒是喑哑的反色

  需要用心灵去打磨，闪出火的颜色………………… 007

先秦舞台上，谁的孤独渲染了谁的沧桑

  谁的寂寞走向了更深的历史，右玉，是否真的被遗忘…… 010

中原大地的门户开开合合

  远古，雁门郡上大雁飞，曾经的善无县，

  是凸显的阵地………………………………………… 014

黄土之下，那些被历史掩埋的陶器、铁器，沉默无语

  古城墙残留的断壁里，谁在陈述流年……………… 018

杀虎口，王昭君绝塞而去的决心

  有着多少辛酸的眼泪和超越男儿的雄心…………… 022

魏晋南北朝，民族迁徙大融合

  拓跋鲜卑曾经彪悍的身形留在大南山的封土之内……………025

隋唐时代，右玉是屏卫华夏的北方门户

  静边战役，是拯救唐朝命运的一场大捷……………………029

右玉，草原民族入驻华夏的跳板

  一块天然的屏障，历代王朝的阵地………………………………032

明代，形成定势的塞北之地，是右玉第二个黄金时期

  一些战争和一些人，永远定格在时光深处，不惊不喜……035

边塞之地，多少良将沙场驰骋

  多少忠勇被记忆，也被遗忘……………………………………046

清代，历史的巅峰

  最后的王朝里，谁在落幕之时，浅唱低吟………………049

"不养桑蚕不养麻，谁道没有桃杏花"

  右玉并非无胜地，恒阳十景传于世……………………………052

梦里驼铃掩战

  鼓时过境迁时，有人醉酒当歌…………………………………059

文明碎片躺在土地之上，默默昭示…………………………………062

第二章　历史烽烟散，右玉历经沧桑后，满腹荒凉

不毛之地上，那些裸露的黄土是记忆里最疼痛的画面…………069

自然不狰狞，只要人心齐，泰山也会移……………………………074

一抹脚印染边塞，退却战火签风沙……………………………………077

誓言不会随风飘远，脚步就在这里扎根……………………………085

初战败北路途艰难，英雄泪湿衣襟长歌当哭…………………… 088

英雄惺惺两相惜，携手再战黄沙洼…………………………… 092

常禄之树，如挺拔的青松，是记忆里的丰碑………………… 097

困境中的探索之路，一直在延伸……………………………… 105

沙棘茂盛的尖刺，有着最柔软的心意………………………… 113

新世纪典礼，跃进的蹄音……………………………………… 115

向东，曙光升起的地方………………………………………… 117

彩云之南，美丽的传说一直延续……………………………… 125

石砲沟每一棵树的记忆里都有一个人的名字，刻在年轮里… 132

威远堡，那块无字的石碑……………………………………… 134

用生命点燃杨千河希望的张一………………………………… 137

平凡的名字——小老树之魂…………………………………… 139

右玉，世界的一面旗帜………………………………………… 147

第三章　民间烟火袅袅起，心就在这里，安稳落座

我们是纵情山水的游客，风起而心动………………………… 151

我们是这块土地上最真实的存在，随着季节循环往复……… 155

寺庙赛社上，祈福许愿烧香，集会喧闹，心安静…………… 160

民间社火起，美好的生活就是一部正在上演的喜剧………… 164

"十里乡俗不一般"　你若来，我们盘坐老屋话说流年……… 171

第四章　行走右玉，看山，听水风声浩瀚，足音悠远

三十二长城和油画家 ………………………………… 189

写生者 ………………………………………………… 190

秋天和王四窑 ………………………………………… 191

止 ……………………………………………………… 192

杀虎口，我的铁蹄 …………………………………… 193

苍头河，沙棘和雾柳 ………………………………… 195

西口古道，我的回眸 ………………………………… 196

康熙大营，我们扎寨 ………………………………… 197

小南山 ………………………………………………… 198

南山公园和背景 ……………………………………… 201

玉林书画院 …………………………………………… 202

马头山 ………………………………………………… 204

一双手，满山树 ……………………………………… 205

记下薛家堡 …………………………………………… 207

玉龙马园，汗血马 …………………………………… 208

右卫镇的早晨 ………………………………………… 210

铁山堡，脊梁后的呼吸 ……………………………… 212

落英花 ………………………………………………… 213

在云石堡 ……………………………………………… 214

右卫粮仓 ……………………………………………… 217

大美右玉 ……………………………………………… 221

第一章 我们用故事诉说故事,昨天穿越而来

想象并不遥远,故事就在这里合拍
历史低声倾诉,你来聆听

大浪淘沙,右玉
是滚滚历史长河中,一段欲说还休的记忆
风云叱咤,历史就站在那里
不紧不慢,低低倾诉

当历史被历史记忆,记忆和记忆对白
漫漫烽烟一定会穿越几千年厚重的时光
一截又一截故事,一段又一段岁月
笼罩在旧电影布好的场景里

不用纪念河水顺流还是倒叙
风吹过几千年,山沟山坡绿过几个世纪
也不用纪念石头、铁器和古老的雕塑
怎样在历史的长河里漂泊
我们只要让自己回到右玉的怀抱
回到边关之地,回溯黑白之间
那些伸长的目光里,它的辽阔和苍茫
怎样起,怎样落
怎样蜿蜒在时间的密码里
怎样制造缝隙并被缝隙制造

要打马穿越夏朝商朝

在黄河中游坐读文明碎片
并在文明的空隙唏嘘时光如刀
纪念一次，割据一次
城池和河流携手，战鼓和旗帜照应
雁门风声紧，号角沙哑的时候
匈奴的铁蹄都是梦里阴山的疤痕

一个朝代，一部历史的画卷
汉代到清代，不断辉煌的历史就像场场大戏
登场退场的人物各持剧本
所有的萧条和胜败
所有的爱恨和荣辱
只不过是扩写了的家史
一片土地需要血脉里的血性
需要纪念和被纪念的意义
在一个月华之夜，昂首图腾

曾经沧海难为水,远古留下的印记是右玉额头的一道闪电

不说地球怎样被海水包裹
又用怎样的时光突围
也不说地壳经过怎样的沧桑
转过几千道脊梁
站成如今的风景
我们还可以闭口不谈中生代时期
右玉大地上的湖水怎样清澈
乔木如何蔓延
我们只要跨越一亿年的时空
在李达窑的小东沟里
和一副恐龙的骨架面对面啜嚅

"谁是开始,又会到谁结束"
谁会在某一个特定的命运里
被谁遇见
几经变异的血液里,谁又是谁的主宰
谁让谁的骨骼永恒
谁从泥土里挖出了谁,证明了谁
谁又会被谁放在唇齿里
一遍遍提及,证实,复原所有的生死

不是神话,也一定不是神话以外的

规整的记录
一副恐龙的骨骼和康家湾的爬行动物
莫非就是右玉开天辟地后
第一个循环的轮回
让人久久沉思,神往,用人类的体验
感悟原始的皮毛

皮是树木,毛为荒草
肌肉和经脉是这片浩瀚土地的前身
而盘古留下来的呼吸和泪水
是这片大地上最敏感的胎记
只要你心率的搏动触及了他暗红的圈口
所有的传说都有了颜色
所有的爱和创造
都能给你留下纪念的理由
像善良的心胸和慈祥的宽容

旧石器，文明的光芒是喑哑的反色
需要用心灵去打磨，闪出火的颜色

1

不知把人类放置在怎样的经文
才能复原真正的镜像
长臂猿、大猩猩和猿人的走向
会不会和女娲的故事冲突
会不会忘却究竟哪一条小径
才能通向本真的命题
而后，用最虔诚的记忆，回归安宁

不要命运和迎接命运
都已经显得迟钝，当所有的挖掘
让呈现更显得模糊不清
让过程更显得热闹
让骨头和石头延续了血缘的时候
旧石器和右玉的底色
开始泛出青铜的光泽

2

让我们一起
乘着右玉安详的月色徜徉

穿越而去吧，回到久远的旧石器时代
用陶片和石器接住漫天的雨水
湿润这浩浩荡荡的岁月风尘

把石头打磨成利器，把坚果凿开洞穴
所有的秘密，在种子出土的时刻
有了抽象思维的痕迹
几万年，是不是时间最深的海
是不是一个人面对原始的善恶
给出的定义

地质时代和物质时代的距离
会不会给我们灵魂深深的震撼
茹毛饮血，巢居群居，母系社会到父系社会
私有和共有的概念
终于衡量了发展和毁灭的集合
欲望和灵魂面对面的时候
谁都难以逃脱历史的覆盖

或者彻底裸露的
才是最本真的，才是存在浩渺自然的原则
包括狩猎，生存，面对风雨雷电的泰然
包括笑，或者哭泣，不用任何遮掩的
生殖，爱恨情仇

3

艺术的起点和生命的起点，应该是一个契合
用石头把生活刻在石头上

应该是地质年代的先锋,岩画可以不精致
可以用粗狂和潦草
记下月亮、光芒,记下花开的痕迹
记下火和火最后的涅槃

记忆的形式除了石头,还有石头后面的泥土
这片温润肥沃的大床
给了人类生命,也给了生灵跃动的情愫
泥土和水用心组合,互相雕琢
思维和思维碰撞、纠缠
每一个雕塑的背后
都有忘不了的故事
从旧石器时代开始,一直没有结束

4

裹紧树叶和毛发,温暖远古的胸膛
一起狩猎,击石取火
一起在土地上繁衍生息,日出而作
日落而息,放下流年和鱼骨雕镂的项链
躺在毛皮铺成的巢穴,大梦三千

"张家山人"和"丁家村人"一定还在梦里徘徊
陶片的暗纹像一段秘制的语言
需要你一个人在荒废的时光里
打开石器,打开石器里凹形的弧度
破译,默读,看火花和火花闪过你的眼眸
心忽然近了,忽然远了

先秦舞台上，谁的孤独渲染了谁的沧桑
谁的寂寞走向了更深的历史，
右玉，是否真的被遗忘

1

两千年的时光，寂寞有多长
孤独就有多深，历史舞台上流水的方向
是不是大禹卓越的战绩在流淌
夏王朝北部的右玉
是不是一朵转瞬即逝的浪花
只湿润了一次，开放了一次
陡然就销声匿迹

夏商周旋的疆域，不必眺望
那些祖先和祖先问卜的托辞
仿佛还高悬在三尺之上
和我们遥遥对白
甲骨上蜿蜒而来蜿蜒而去的诡秘文字
把一个地方两个称谓，紧紧连在一起
右玉，鬼方
鬼方，右玉

寂寞不是塞北的风格
苍头河的流水雕琢了这块古玉

让他在漫漫历史泛出透明的光泽
"流水不腐户枢不蠹"
杀虎口是右玉一个狭窄的瓶颈
所有历史经过时留下的口信
一直悬挂在浓重的方言里
委婉,沉重

2

春秋不再是春秋的借口
而战国一定是战国的利器
所有的争霸
只不过是人性私欲的劣质表演
舞台矮小,被压塌的历史
容不得翻身的机会
诸侯和诸侯的大权,成为鬼雄的唯一祭坛

战乱荒芜,流离失所的不仅仅是人心
被打乱的朝政和被建立的朝政
中间总有血流成河
百家争鸣,谁是朝代的霸主
可以赢得最终的舞台
金缕玉衣和肉身,能不能一样万年不衰

放下狂舞的魔爪
用思想禁锢思想,用人类的发展
一会儿农,一会儿商
一会儿自然呈现,一会儿交易纵横
砝码庄严地盘踞在心脏中间的位置

每一次倾斜，都是一个王朝兴衰的痕迹

3

战国之前我是谁，战国之后谁是我
如果右玉可以发问
谁又能精准地用中原的版图，画出右玉的经纬
赵武灵王不过是拓疆千里
胡服骑射而今来看，也不过雕虫小技
唯有青铜剑冷漠的寒光
让我们仿佛看到了一场厮杀
在月黑风高的夜晚
偷袭长城之内温暖的乡愁

灯火亮起来，月光亮起来
死亡和生存也亮起来
右玉的目光随着一把青铜剑和一件铜簋
亮起来
亮起来的版图和亮起来的战争
犹如一道寒光
搁置在铜簋上方
不断留下的是疆域，不断有豁口的
是闪电，闪过历史
闪过寂寞的没有被纪念的蛮荒和战争

4

用土夯的围城，抵御人性的残忍
是被后人用长长文字垒砌的雁门风景

李牧一定不会知道
关外烽烟狼嚎般侵入你的牧场、谷地
你用隐忍树立的旗帜
怎么会成为赵王口舌下的亡魂
武安君只是悬在你头上的铁器
胜也必败，败也必败
胜败之间，你不过是王朝更替的块垒

斩杀的亡魂，不管是匈奴魂，还是中原鬼
都是王冠下的棋子
昏聩的，睿智的，利令智昏听信谗言的
都成了史书上让人唏嘘的段落
王朝兴，王朝衰
兴衰和兴衰质问的时候
就是黑暗和黑暗沉默的空袭
睁着眼能看破的，闭上嘴说不穿的
还在人间，公元前，或者公元后
你能猜到，或者猜不到

中原大地的门户开开合合
远古，雁门郡上大雁飞，曾经的善无县，
是凸显的阵地

    1

    王朝的落寞，王朝的兴起
    不是命运的主宰
    嬴政的霸业也不是即成的约定
    "饮马于黄河"不仅仅是梦想的星辰
    所有熠熠生辉的光芒，是一个人在暗夜雄心勃起
    点亮漫漫征程

    始于自我，结于自我
    始皇帝不是浪得虚名的词语
    三皇五帝也不过是历史上的一个绳结
    圈定了霸气外露的王朝
    一定是六王先毕
    四海浪潮平息，统一的大局
    才能了然于胸

    最后，一车鲍鱼掩盖了始皇帝的讯息
    "直道"的创立
    不过是让自己的尸体，更早地进入土地
    不管谁来评定江山和功过

一个人最后偃旗息鼓于尘世,即使统一的禁令
在雁门郡偏远的荒凉之地
得意上演

2

一行大雁飞,两行大雁飞
更多的大雁在塞北高原翱翔往返
曾经水草丰美的雁门郡
用千年古树隔开了大漠和中原的目光
匈奴虎视眈眈的时候
一切善恶有了根源
牛羊被残忍掠夺,娘亲跪在烧黑的土地
含泪祈祷

而苍头河水一直在缓缓流淌
土夯的围墙终于抵御不了流水的侵蚀
夯筑的断层,可以预见一个民族的命运吗
断崖里,汉代陶片用缺口和花纹
轻轻诉说流失的时光
所有被展示出来的,完整的破碎的
釉色粗糙或者光滑的表面
不过是造就的一段历史

史籍里找不到的,从土层里找
土层里找不到的,就在血液里迂回
五代十国的战乱毁灭了故城的昨天
明代的年轮,又把它带到了历史的浑流
一半冲刷,一半建立

更多的是留给后人的诘问

3

一座烽火台泄露了秘密
单于的怒火终于点燃了匈奴的狼性
"马邑之战"没有硝烟
却远远比硝烟更让人感到寒冷
任何形式的妥协只是历史的耻辱
和亲保来的平安
竟然只是短短的八十年
一个女人的幸福和痛苦
悬在不同地域的欲望里
汉室的尊严,被进贡的丝绸和粮食压制着
那些屡屡不断的侵扰
让情何以堪,泪何以断

那就彻底站起来,拿起刀枪剑弩
抬起头,吹响号角
用民族的血性保卫亲人和家园
边鼓就着冷月敲醒幻想
谁家灯火如豆
等征战男儿的脚步,铿锵回归

4

"不教胡马度阴山"
胡马撤了,匈奴灭了又灭
雁门关的大雁来了去了

你修长的手臂,是否还在搭弓射箭
把一块石头和一头老虎混淆
让没在石棱中的铁器
永远留守

历史太匆匆,一把利剑
就把李广六十年叱咤风云的呐喊
斩杀
如果百姓和士兵的眼泪,能将一代名将的英魂召唤
那么边关的冷月
不会因为一个人的离开
躲进云端

黄土之下,那些被历史掩埋的陶器、铁器,沉默无语
古城墙残留的断壁里,谁在陈述流年

1

大川村的古道铺开了汉代奢靡的场景
一朝皇帝用此生顾念着来世
他们极尽奢靡地铺陈着铜鼎,铜钫,铜扁壶
金属的光泽包裹着心灵的缺口
绳纹板瓦宽阔的疆域
默默掩埋在地下
等某一天谁来发现
让历史展现在黄土之上
陈列在目光之间

那些掩埋前的光泽,和盛世一样辉煌
卓越的文治让人心安稳
也让灵魂升华
祥和的农耕生活,是汉代民风淳朴的象征
打开篱笆,翻开温润的土地
种下春天的颜色,秋天的繁华
种下一个朝代的欣慰

2

让芨芨草蔓延在善无县广阔的地域里
威远盆地平坦的心胸上
一座座微凸的丘陵
衬托出中陵县沧桑的古城
文化断层被土夯的残垣断壁决然裸露
黄绿相间的野草
在朔风辽阔的怀抱里，不停摇曳

一块石头默数着光阴荏苒
半两钱钱范，一直在故城的泥土下昭示
汉代的中陵县，有着怎样强大的内心
才能让权力如山威严
经济如海辽阔

只是，那一座座汉墓
孤独地躺在常门铺和威远镇周围
让人想象不尽到底是曾经的繁华如梦
还是梦境繁华
只有时过境迁，一切被记录
或者没有被记录的
随着时光，成为泥土

3

世上或许真的有天堂
也真的有地狱
真的有命定的阴阳五行

自然万物在宗教的外衣下
随着烟火缭绕，有了来生和前世

神圣的背后，是高高在上的皇权
他们俯瞰着鬼魅纵横，用铁的制度
维护汉王朝的最终利益
每一个愿望里都有一个神仙
在心海深处，扎根，长生不老

朱雀玄武博山炉里
熏香的灰烬依然在出土的那一刻
迷恋着曾经的通仙之路
但真正的失望，历经漫长时光凝聚的
只不过是　抔黄上
掩盖了谁的大梦
让谁的神秘，在今天右玉出土的文物里
黯然曝光

4

站在沃阳县故城的废墟上
瞭望马头山倔强的身影
是让人感慨的事情
脚下是破碎的砖瓦和绳纹陶片
耳边是朔北大地辽阔的劲风
旁边是残破的城墙
黄色五花土夯筑的残垣断壁
用无声的画面
裸露着一个朝代的兴盛和衰败

苍头河水可以用时间破坏城墙的原貌
却无法冲走一个朝代留下的点滴佐证
一棵棵古树崎岖的容颜
默默讲述着历史的变迁
地名更换不更换
是历史研究者费尽脑汁琢磨的事情
古人没有执意隐藏
每一个既定的名称里
一定有纪念先祖的恩德
留在一页页翻过去的历史页码

杀虎口，王昭君绝塞而去的决心
有着多少辛酸的眼泪和超越男儿的雄心

1

一颗痣让青春锁在了深宫
毛延寿一次落笔
一代佳人的命运就换了风格
琵琶声声怨，蜿蜒在曲径之外
后宫冷寂的月夜里
乡愁和情愁，一并上演

晓风残月，春华秋实
顾影自怜不是王嫱的风格
弹琵琶，写诗文
描黛眉，轻梳妆
月夜清冷怀念的是亲人
暗夜思乡不倦的是青春的身影

每一次梦里君临篱笆墙
不过是幻影重重
琵琶冷不冷
锦衣暖不暖
从未有花好月圆的场景

2

汉元帝的诏书终有着深深的遗憾
绝世而立的佳人
恩宠归属了塞外,王朝的恩怨随着烟消
也云散了
那就穿丽服,骑骏马,携琵琶
随着杀胡口迎娶的鼓乐
毅然出塞
看彩旗猎猎,听号角声声
把满腹心事,交付辽阔的朔风

幸福和痛苦的抉择
奠定了边塞六十多年的太平
六十多年塞外的风雨
让一个女人的内心越来越安详
什么样的爱才能造就如此坚强的堡垒
"猛将谋臣徒自贵,蛾眉一笑塞尘清"
一代才女落寞的爱恨里
时光终于是流水
留下来的是称颂
掩盖的是风流

3

没必要在意后人如何评定
一个女人的昨天
一代佳人的落寞
终抵不过千秋尘埃落定

可以以色相论定幸福和悲哀
也可以绝句纵横
谈论功德累累
只不过是无奈和壮志碰杯
胡酒醉了，胡酒醒了
大漠烽烟六十年安宁了
一个女人的命运定格的时候
谁的大手一挥
一切就没有了退路

魏晋南北朝，民族迁徙大融合
拓跋鲜卑曾经彪悍的身形
留在大南山的封土之内

1

  三百余年的历史，无数战争的讨伐
  留下太多清冷的寒光
  用什么样的纪念来圈定政权的繁盛
  和最后的落寞
  用什么样的诉说
  打开一个民族嗜血的黎明
  和颠簸的牛角战车

  匈奴，鲜卑，羯，氐，羌
  纷纷上演历史的闹剧
  狩猎的箭雨纷纷消失在中原辽阔的风声里
  一片热土能够承载的
  只是一马平川的谷地，和田埂
  十六国
  十六个大梦酝酿了十六个版本的图腾
  一夜之间，王国鼎立
  王国败落
  一百多年时间的水流，冲刷了太多的兴衰荣辱

而拓跋鲜卑的旌旗
呼啦啦地飘在右玉上空
热泪捂不暖男儿胸中的冷血
牛羊马匹辗转过弯曲的河流
鲜卑族的帐篷
是冷月下一座座突兀的丘陵
善无县沉溺在铁蹄和炊烟幻觉的场景里
哪一场救赎
能让华夏之光,成为黎明的第一声啼哭

2

每一座山顶,仿佛都是拓跋魂魄的认领之地
圆锥形的封土
盘踞在山顶之上,栉风沐雨
俯瞰中原大地宽阔的水域,蜿蜒的古道
帝王的尊严
坐落在方形基座上
谜团就是北魏碎陶片,随意散落在荒草之间

千古之谜无须印证
大南山和贺兰山的纽带
也只是匈奴部落的一个代名词
所有的记忆除了战争留下的荒芜
和一座座彰显权贵的墓地
更多了游走的冤魂
在拓跋侵入中原的马蹄声里
夜夜盘旋

显明寺的钟声一直回环

孝文帝善意的愿望

终于有了最安妥的皈依

放下战乱,和铁蹄下的生灵涂炭

让心灵有个风轻云淡的家园

在金陵之下

平川之上

佛教的经文穿越了大南山高耸的山顶

在右玉广阔的疆域

梵音袅袅

3

汉匈民族融合,再融合

放下战争,放下边关冷月上的仇恨

放下昨天车轮下,覆辙的命运

中原大地的姓氏和语言

在文明和文明的法制下,成为交融的纽带

鲜卑语禁锢在楼阁之内

汉族衣披挂在鲜卑人强悍的身躯上

姓氏变更,贵族联姻,尊崇孔子

一切趋势的目的

无非是霸权的统一

疆土的扩展

鲜卑的礼仪被隐藏的时候

征衣汗渍未干,蹄铁上的泥土

仍在某一个春天留恋疾风劲草

嘎仙洞从这个时候
成为怀念的第一个理由
眺望的目光在北魏浩瀚的疆域
没有丝毫沧桑

4

河流和车轮远走
城郭辽阔，旌旗飘摇在时间的利刃上
不同的方言里
落日和黎明一样充满田园的青草味
马蹄慢下来，徜徉在湿地丰盈的水草间
没有人想起坟冢的高度
也没有人在残垣断壁间
想念一座城池的烽烟

温暖的夕阳洒在河流边捣衣女秀丽的背影上
一切融入仿佛没有缝隙的叹息
天空高远
喊着姓氏回家的汉子
总会在梦里，迂回在内迁的泪痕里
用刀枪剑弩，劈开时间的印章
把自己插入另一种语言
唤醒爱情和乡恋

**隋唐时代，右玉是屏卫华夏的北方门户
静边战役，是拯救唐朝命运的一场大捷**

1

从中亚开始记录隋唐的疆域，是荣光的
从朝鲜开始丈量土地
算不算辽阔
从浩渺大海到漫漫大漠的征途
算不算旷远
一个王朝的占地，是证实了一代君王的雄才
还是代表了人类不能填满的欲壑
这是一个人在历史面前
孤独的沉思和寂寞的质问

百业俱兴的时代，最让人愿意用心灵进入的圣地
是佛法
只有把心灵依托在经文的高度
所有边塞烽烟里的苦难
仿佛才有了安宁的持守

而突厥的利剑依然深入到一个王国的心脏
北地饥荒蚕食着人民心头幸福的尺度
杨广用长城修筑的堡垒
不能带来边地的安宁

更多了劳民伤财的眼泪,这些历史
苍头河不能言说
流水一直沉默
唯有太宗李世民的雄才
才彻底清理了突厥的围困
让朗朗日月
在杀胡口冷峻的城墙之上
绽放异彩

2

"安史之乱"终于是钉在耻辱柱上的废铁
人们不会忘记,正义的心胸也不会忘记
唐玄宗的仓皇和落寞,让一个弱女子的依托
在长安化为烟尘
每一个战争的扉页
都有一面猎猎迎风的旗帜
铺开厮杀的战鼓
摇旗呐喊的,奋战沙场望着尸体号啕不已的
是流离失所的人民
无奈的选择

任何时候,背叛就是千年的罪过
讨伐的号令一旦冲出云霄
那些胆战心惊的大梦
一定是欲望深处的孽障
你听
静边城外的战鼓喧响在夜色深处
此起彼伏的厮杀就像一场浩大的风雨

淹没了痛苦的呻吟和恸哭
杀胡口坚硬的墙砖不会忍受眼泪的洗涤
用战争，赢得战争，是必然的生存法则
当大唐势如破竹的大军
旋风般抵达静边城外时，郭子仪的雄风
被永远镂刻在浩瀚的史册里
斩杀周万顷，擒拿高秀岩
静边城回到了最初的安宁
唐朝的命运，也因此转了一个轮回

右玉,草原民族入驻华夏的跳板
一块天然的屏障,历代王朝的阵地

1

水草丰满的时候,是草原最美的时候
天似穹庐,四野清风浩荡
每一颗迎风的小草,都有着安静的表情
牛羊悠闲地徜徉在白云下,偶尔抬起头
眺望远方浩渺的云烟
一切安静得多么像童话
永远不该有掠夺和杀戮
在祥和的草原上劣质上演

契丹、女真、蒙古族
没有忘记骑上战马,跨越边塞之地
用利剑和战鼓
惊醒天堂般的安宁
右玉的土地不会忘记嘈杂的马蹄声
怎样在这片蛮荒的土地
留下深深浅浅的疤痕
一座城和一座城呼应的时间
就是战争和战争兑付的因果

2

侵入没有任何借口
中原多灾多难的土地上
炊烟被烽烟代替
牛羊和田地同样羸弱
草原民族的烈马踏平的田埂
需要更先进的文明和技术
填补和融入边地荒芜的家园

民族和民族交融的使命
就是放下各自的堡垒
融入彼此的生活,相安于天地
从马背上跳下来,把游牧的帐篷收起来
把土地翻了又翻
种上草原民族的血液和骨骼
入驻华夏辽阔的疆域
让莜麦胡麻的朴实
滋养一个又一个民族在中原不断壮大的春秋大业

3

燕云十六州成了儿皇帝交付的押金
石敬瑭卑微的膝盖
跪在耶律德光宝座下的时候
他应当交付给历史的
除了中原之北广阔的土地
还有土地上水深火热的人民
和人民心头压抑不住的怒火

宋太祖收复失地的心愿没有完成
杨家男儿浴血沙场也换不回温暖的故土
雁门从此失守，失守的
还有心头挥之不去的忧伤

草原民族依然不停地杀戮和掠夺
废墟之上
除了破碎的瓦砾和烧黑的枯树
除了干涸的田地和荒草
没有一盏油灯，能点亮人民的希冀

华夏几千年的农耕文明
仿佛一夜之间被付之一炬
"以汉制汉"中原人的历史即将更改
田地上春风的消息
仿佛也随着草原民族的侵入
变了方向

明代，形成定势的塞北之地，
是右玉第二个黄金时期　一些战争和一些人，
永远定格在时光深处，不惊不喜

1

一颗珍珠掩埋在沙尘下
明代浩瀚的风猛烈地吹过，边塞的号角声声激越
重中之重的右玉
在明代历史中又裸露出耀眼的光芒

右玉林卫城墙上坚硬的砖石
似乎就是幸福的基石
四面的瓮城，把一场又一场战争
割据在荒野之外
每一个角楼，都像一个期待
翘起生活的祈愿
尖利地质问浩瀚的天宇

苍头河水环抱着一座城的安宁
水流不用湍急
每一个缓慢的表情后面，都有泰然的姿势
当牛心山和雷公山遥遥相对
把玉林卫城合抱成阴阳风水之地
定中石就一直安静地藏匿在鼓楼之下

倾听历史的车轮
怎样浩浩荡荡碾压过右卫城的黎明
和黄昏

2

在威远卫,围着瓮城走一圈
就好像走过了这里所有的战争
曾经坚固的城墙
在时间的洗礼下,早已破旧不堪
记忆已经慢慢走远
四个门楼上盘踞的鸟雀
也早已忘记曾经锋利的呐喊声
是怎样穿破岁月的烟尘
给威远卫画上长长的破折号

西部长城不远不近
用盘区的身形,讲述烽火台在黑夜
那些连绵不断的故事
四通八达的威远卫,昨天丰盈的水草
现在依然根系茁壮
校场上空白云悠悠地来了,去了
所有的安宁,仿佛在昨天就被定格

号角声被风声灌溉的岁月
战鼓声和梦境重合的时候
威远卫,一定是右玉心头偏重的分量

3

右玉林卫之战
前前后后的因果不用叙说
鞑靼的铁蹄其实无须更多借口
将士们煮弓弦，忍饥饿
看饿殍遍野，月华苍凉地倾斜在城墙之上
血液和血泪谱写出来的
是生死之间的思量

守城人无与伦比的意志
就是孤悬在边境的朗月
在一去不复返的历史里，照耀后世
留下千古绝唱
唱词就是正义和邪恶的对抗
是无数人用鲜血换来的民族尊严
是冰冷铠甲下滚烫的精神和意念

风萧萧兮易水寒
历史的车轮一直向前
每一道车辙下，都有无数忠勇灵魂的吟咏
不用细数每一个名字
纪念早已远远超过了记忆

4

孟姜女的眼泪只是一个传说
倒塌的长城和建立的长城
不仅是砖瓦之间的军情

多少血泪都无法控诉人间的苦乐
那些弯弯曲曲的浩瀚工程
是边境地区炊烟冉冉升起的希望

烽火台遥遥相望
站台，墩台和城堡坚固的内心里
多少家园温热的土炕被怀念
多少娘亲，一夜白了额头
多少亲人纪念的眼泪冲刷了斑斑血迹

5

长城之内，长城之外
民族和民族就是双面刃
马蹄声和稻谷香总不能在同一个梦境迎合
和平也无法融合的区域文化
战争是唯一的手段
而长城，是残酷战争手段下
蜿蜒在史册上，庞大而复杂的巨蟒

李牧破胡十万
卫青横扫匈奴
朱棣皇帝征讨蒙古大军
盛况空前的历史不能给中原地区的农耕民族
带来更多安宁的生活
匈奴走了，鲜卑来了
柔然，突厥，契丹都像一枚寒光闪闪的利剑
搁在中原的喉头
仿佛时刻就会爆发一场怒发冲冠的战争

不能用啼哭和血泪记录的
就用边塞的安宁和繁荣记录
长城屏障,是两个民族阵痛后复活的婴儿
在历史的岁月里
被无数笔墨前前后后地包裹,展开
一块界碑沉默,满山坡的荒草沉默
残存的纪念也沉默

6

"土木堡之变"
是国与国难以磨灭的矛盾
是人与人心与心的抗衡
一个王振出尔反尔,一个皇朝出尔反尔
士兵的尸体横陈在土地上
朱祁镇的优柔,让家园颓废荒芜
"北狩"究竟能掩盖多少耻辱和荒唐

毕在寺和宝宁寺的含义里
有多少不能言说的隐秘
四根前柱暴露了故事的结尾
阵亡的英灵安居这里
经文日日超度依然游离的亡魂
偶尔一声叹息
破了谁的前生,续了谁的后世
谁的故乡不在身旁
热泪化成风声,浩瀚地吹过四十年的安宁

茶叶沉浮在水里

历史沉浮在人心
一杯茶，一把盐，是蒙古人想念的章节
而铁器
一定是深入骨髓的暗器
掠夺和互市
需要朱元璋英明的虎眼看穿风水

管市，民市，私市
形式里是利益的权衡
形式外是生活的需求
一片嘈杂的马蹄声里
长城有了弯曲的炊烟，女人和粮食
是城堡里伴着朝阳夕照，安详的催眠曲

7

云石堡藏在大山里
马市藏在大山里，马蹄和荒草
一并镌刻在长城边缘的暮色里
所有的喧闹退去了颜色
交易的砝码在历史的天平上
上上下下衡量价值

边关贸易的活化石还在风雨里站立
四面围墙残破，马蹄痕迹已被埋没
破碎的瓷片和瓦砾依然静静躺在废墟之上
怀念那段远去的岁月
嘶鸣的烈马仿佛还在周围聚集
十三边河在身旁缓缓流淌

慢慢融入黄河的腹地

偏僻也有偏僻的遗迹
风雨之下侵蚀过的泥土
还坚持留下来佐证马市的繁华
历史就像一位睿智的老人
用经久的时光纪念了昨天
云石堡城墙上突兀的砖石
横插在你惊讶的目光里
震撼着多少人对时光的概念
对历史的崇敬

8

三娘子的故事和边关的月华一样
长久照耀着边塞重地
或者繁华，或者萧条的时光

一个女人的命运搁在马背上
颠簸，奔驰
都是历史给予的砝码
几次婚姻，能有几次爱情可以继续
那些荣光背后的落寞
那些因为大爱放下的心酸
是草原上暴风雨后倒伏的青草

绿度母不是人民给她带上的光环
当慈悲心深入到草原的心脏
一个女人用幸福唱响的和平里

家园和王国，是呈现在庙宇之上
最动人的心经

美丽的容颜可以衰老
智慧之花从明朝开放后
一直都没有衰败
沿着长城的轨迹寻找三娘子留下的美
就是大义和尊严对抗时，落下的清泪

五岁和六十二岁
中间隔着阿拉坦汗弑父的阴影
和几代人婚制习俗的悲哀
但都抵不过边塞之上
炊烟袅袅升起的安宁

右玉的古道或许已经熟悉了
一个女子在边塞的风韵
云石堡的马市，也一定留下她永久的馨香
烈烈马蹄因为她变得温柔
边塞烽烟半个世纪不再点燃

归化寺的诵经声
似乎还在天空之上回旋
金字经，黑字经超度过的一切
依然徘徊在历史和历史之间
让我们掩卷，感叹

9

坐北朝南有着怎样的寓意
木牌坊怎样面对右卫城历史的光芒
山门内挺立的将士
莫非依然在亲临一场浩瀚的战事
魔杵下的生灵
会不会在某个时候,哀叹夜色的凄迷

天王殿里那些颜色不一的脸面
时刻印证着世间的人性
弹着琵琶清心的
拿着利剑涅槃的
缠绕蛇身幻觉的
打着雨伞立誓的
都不过是妄想,科伦多的大旗杆
才那么显眼地独居空院

大雄宝殿听闻遥远的木鱼声
沁入心扉,神清气明
铜佛,泥佛,铁佛
莫非也是等级显赫
水陆画安静地悬挂在庙会上
一些历史不需要陈述
隐秘的或许就是最好的
超度过的一切罪恶,都被免罪

道清苦涩的韵味还繁衍在右玉
但它远远不能再现边塞之地

所有历经的哀愁
道家广阔的思想里
那些苦难和苦难之后的宣扬
终会在时光隧道，被救赎

10

右卫文庙那些逝去的记忆
不在匾额上遒劲的书法间隐藏
也不在照壁的龙头起檐上造势
东西牌楼和泮池的流水
也不能代替一座寺庙想要表达的思绪

戟门傲然挺立在天地之间
和魁星楼相对无声
先儒和圣王的神位，一直默默地在文庙安生
他们用自己的思想濡染着一个又一个朝代
看尽历史沧桑，人心冷暖
用宽阔的道义
衡量故事里庄严的崇拜

繁华或者冷清其实都不重要了
那些先王赐予的牌匾也不重要了
重要的是右玉从此鼎盛的文化传播
文学和道义滋养出来的美好心灵
在右玉这片古老的土地上
在琉瓦飞檐，在丁日，在威远鼓楼
开花，结果，润物细无声

11

乐楼，赛楼，戏台
无论什么名称，都不能将历史的春秋大梦
演绎完整，也不能让人间的喜怒哀乐
完整地画上句号
不过是一个故事，缩短了时间和空间
不过是来来往往的人，模拟了生活的底色
画上了油彩，用别人的情节
复制自己的哭笑

一座庙宇，一个戏台
多少人间风雨，在马营河乐楼上演
五圣庙坐北朝南的祈祷里
有没有内心的祝福，在右玉湛蓝的希冀之上
像旧电影一样，把日子调和

一座塞北的建筑，右玉土地上最完整的艺术珍品
那些玲珑剔透的木雕砖雕
就像一场人生大戏，舍弃了多余的台词
只把最质朴的唱词，雕镂在旧时光深处
等你安静地盘坐在楼台下
或者手扶檐柱斑驳的油漆
看檐枋上空几只不知名的鸟雀
飞来，飞走，不留一丝痕迹

边塞之地，多少良将沙场驰骋
多少忠勇被记忆，也被遗忘

1

边塞要冲一直承受着马蹄的践踏
压迫之下必有反抗
反抗的号角吹沸了民族的血性
一些姓氏被永远篆刻在记忆里
马氏，李氏，沈氏，缑氏
都是边塞右玉磨灭不掉的丰碑
即使有的被分化，成为风中的沙尘
但右玉浩瀚的史册，永远不会抹去他们的身影
永远记着他们浴血沙场
用生命和尊严换来的安宁

2

麻家将不会被历史丢弃
他们的忠骨不会计较后人用史册
把杨家将的光环打磨得更加耀眼
一切业绩都不偏不正地压在历史的天平上
即使谁忽略了谁，谁因为历史
搁浅了谁，都不是麻贵内心深处的落寞

七次恩赐，八座牌坊
那些用石头雕刻的马匹，兵士
是他灵魂深处挥之不去的战鼓
在宏大的墓葬周围
夜夜擂响进军的鼓点，马蹄声声催
月色忽明忽暗，袁家窑的空气仿佛凝聚了
似乎有人立刻跨上战马，在夜色和月色中
昂然奔驰

3

倭寇的贪婪不只在右玉上演
朝鲜被铁蹄蹂躏的时候
就是友爱之邦出手援助的时候
正义不会被阴谋摧毁
"丁酉之战"的战果，高悬在历史的额头

援朝的士兵一定渴望家乡的明月更亮些
渴望满头白发的娘亲，点燃烛光照耀回家的路
身在他乡的将士们，用血浓于水的真情，忘却曾经
生离死别的场景，那些孤苦无依的妻儿
一夜夜长跪在午夜，无声无音

4

什么样的战功，可以三地建祠
威远卫的何廷魁和一口井
埋下的因缘，是让人唏嘘的话题
一副铁骨不会弯下腰身和脊梁

不会在兵临城下之时
跪倒在金兵的马蹄下

三忠祠，威远祠，昭忠祠
三座祠堂，龙头大碑
是守护何廷魁尊严的见证
祭祀的烟火，永远缭绕在何家坟的上空
日日凝聚，时刻不散

5

狼烟熏染了右玉人的风骨
那些边关大将
将自己一生的荣辱陈列在历史舞台
演绎马蹄声里的悲壮
情怀没有更改，改变的是江山更替间
那些永远不能被记忆的泪水

边塞烈风吹不散英魂的守望
曹文昭让闯军闻风丧胆的气魄
是右玉天空上不灭的星辰
九边重地不会辜负缑谦
当他的魂魄永远屹立在牛心乡
看尽春夏秋冬的繁华和落寞
唯有墓地上的石人石马和漫漫荒草
在时间的深海
守望着他辽阔的孤独和曾经的大梦

清代，历史的巅峰
最后的王朝里，谁在落幕之时，浅唱低吟

1

宝座上的王终要回到幕布后
回到历史的竹简里，等笔墨一一陈述
兴衰都过去了，荣辱都过去了
清朝，高高鼎力于历史巅峰
将最后的故事，蘸满沧桑岁月
蘸满风声雨声，留给后人长长的思索

右玉，边塞上的这颗明珠
在清代漫长而短暂的回首中
像矗立在山脊上的风塔
迎来了第三个黄金时代

而朔平府，必然是历史周期里
军民身份互换后，重中之重的土地
城墙重建，修筑衙署
雄伟的气势穿过云霄，矗立在边塞之地

2

风声雨声里，读书声是最唯美的乐章

生活可以贫穷，思想不能荒芜
右玉，这一块蛮荒之地
历经浩瀚时光的洗涤，需要知识喂养
需要用文字，装点漫漫历史的轨迹
"玉林书院"就是矗立在右玉文化史上
一颗耀眼的明珠
张集馨的首创，让右玉人民听闻唐诗宋词
感悟历史，思忖生活的原野里
那些花香，鸟语，在风轻云淡之时
点燃美好的希冀

"雁门关外野人家"
蛮荒之地喂不饱肚子不算什么
盗贼猖獗，干旱虫灾和伦理失衡
才是高悬在人心的利刃
需要文治，教化，让人民不仅知书
更要达理，存仁义之心，善良之念
寡饮酒，惧王法，孝父母，学勤俭
让教育事业像雨后春笋蓬勃
文人武将就如满天繁星熠熠生辉

3

"三千越甲可吞吴"
"昆仑片玉""桂林一枝"
一块美玉滋润的心灵，是怎样的大美
折桂的笔墨之星，是怎样的文儒
玉林书院，北地苍凉文化的一盏明灯
照亮了边塞重地原始的寂寞

它就像一股涓涓细流
滋润着边塞风尘里,那些渴望文明的眼睛

"灵秀蕴山川,看此间岭复溪回,定生人物;
科名关德行,愿多士金贞玉粹,不仅文章"
一副对联,蕴含着多少期待
右玉的土地,锤炼出多少英才
让我们感恩书院里笔墨的香气
把声声诵读,化为天地之间珍珠玉盘的清脆
品味书画带给我们心灵的养分

4

郭传芳没有被忘记
郑祖桥也没有被忘记
右玉人记着他们腹中的才气,豪气
记着他们留下来的点滴笔墨
把碑文上那些斑驳的遗迹
拓下来,留给子孙景仰

而那些被时光遗漏的
被历史失散的,一定还在某一个地方
等着右玉沿着他们的慧根
寻找,发现,在阳光下昭示

"不养桑蚕不养麻,谁道没有桃杏花"
右玉并非无胜地,恒阳十景传于世

雷峰占雨

在雷公山,你的想象可以尽情驰骋
可以虚幻一位披着蓑笠的老翁立于云端
俯瞰雷公山白石裸露,青云孤独
几乎没有草丛可以掩盖那些耀眼的苍白
山谷幽深,空蒙,飞鸟掠地而飞
湿漉漉的山谷仿佛有万条瀑布纵横
浇筑时光之痕
一场大雨给雷公山带来的暗示
不单是晴天灼灼火烧之痕
更是一块石头将自然的神奇
毫不掩饰地陈列给你

慨叹,仰望,抑或在山顶徘徊
你要找到的答案,就在石头和天空之中
悬浮,答案其实只是一个结果
你想要感受的
只是一个人和一块石头
互相把生命里的语言,用另一种方式陈述
你想要印证的,也只是一块石头
遗世独立,在雷公山上

沐日月精华，看山谷寂然
会在某一个喧响的时刻，昭示更深远的隐秘字词

风台览胜

白石台阶是登高的凭证
文昌阁，关圣殿和风神祠
等着你一步步抵达
一步步靠近楼阁里供奉的烟火
崇岗山更加巍峨了
风轻轻把木牌楼的沧桑一点点吹散
只留下青翠的树木，环抱着几座庙宇

时光给了我们最好的见证
一座山顶上，你的俯瞰就是胸怀的扩展
所有苍茫的事物尽收眼底
青烟缭绕处，你可以幻想真的有轮回
在某一个地方等着你
木鱼声清脆入耳，白石护栏和栏杆下
那些不知名的小花，迎着每一个日出黄昏
迎着云霞起起落落，不悲不喜

混元流碧

把两个山洞比作两只眼睛
互相映照，成为彼此的深海
深海里的故事不要追溯，需要想象
需要一支神笔，画下山的巍峨
泉水的清澈，画下四季的风声雨声

和鸟的啼鸣，花的容颜

一处石崖，把半壁江山嶙岣突兀
涧下流水温柔
像一面庞大的镜子，照见你内心的褶皱
你要在美景之中流连忘返
幻想成为仙子，在樊家窑重叠的山峰上
彩袖翻飞，几棵古树穿越石头
将热烈的生命，呈现在你面前

牛心孕璞

什么样的鬼斧，在牛心堡削除了多余的砂石
让一座山有了心的跳动
有了一双眼睛的智慧
冬不积雪，夏不生草，一个洞穴
多少隐秘藏在石头和风声里
五百丈的高度，是不是灵性的高度
让玉皇阁在云端，接受上天的旨意
把美景，收藏在登上阁楼的目光里

清泉洗涤着时光的痕迹
林立的树木，用身体经历着季节
四个轮回，就是四次生命的图腾
牛心山被圈在绿色的汁液里
像一块玉，接受了时间的印染
有了心的温度
在空旷的风声，鸟声里
把故事团团围住，在桃园胜地

孑然而来,孑然而去

贺兰插汉

贺兰山上的风记着战鼓声
记着寸寸山河里的壮士,怎样厮杀
雕梁画栋上的人物尽管虚拟
埋在陵墓里的魂魄,却是回不去的故事
天际祥云缭绕,高处风紧
一池泉水迎着贺兰山的高度
日日凝视

是一枚利剑在氤氲里出鞘
插在右玉的历史上吗
还是显明寺用敲响的钟声,回应山间的鸟鸣
孝文帝驻足的马蹄,还在贺兰山上空荡漾
高隐似乎也没走
还在山顶,俯瞰绿树茂盛之地
把一阕词语,搁在石头上
和白云对饮

绿圃柔茵

一条宽阔的河畔,多少难忘的历史
不用追溯源头和流水的方向
一条河,沉默在古老大地上
湿润的情怀看尽了日月春秋
林木葳蕤,时光葳蕤
红柳和沙棘彼此相约,和大地紧紧拥抱

一块绿毯，十亩铺展
超越季节的生长，在苍头河占尽了春色

边城之地萌动的激情不断蔓延
恒阳城外羌笛和杨柳偎依
绿草和小径迂回
那些柔软的意志，是塞北大地绿色的圆舞曲
广阔天地就是大舞台
让你的思绪尽情飞扬，染满早春的风声

兔渚回纹

一条河遇到了另一条河
蜿蜒的流水被绿洲分割，汇集
阳光像金子铺在波纹之上
那些耀眼的，闪烁的思绪，就粼粼地展开
蓝天让流水更蓝了
古堡和古树，在流水丰盈的环抱里
也沧桑，也青春

兔毛河和苍头河的渊源更深了
康熙大笔一挥，造就了一段历史
两条河水一相逢，就融入了彼此的血脉
锦绣河山在纹络里迂回
岸上芳草萋迷，空中燕子翻飞
晴朗的日子里，一切明媚，安详
兔渚回纹的盛景，等你用细腻的手法
浓墨重彩

曲涧鸣泉

是琵琶催醒了山涧流水
还是二胡拉响了飞鸟啼鸣
一处兰亭,几首琴曲
草肥水美的世外风光,熏染了多少墨客的胸怀
岸上苔绿蓼红,环流十里的泉水
用一生傲然之骨
把鸟兽隐晦的语言一一珍藏

踏青吧,趁着流水不腐
春天还在时光里像一条色彩鲜艳的小鱼
小径和流水互为参照
趁着一曲古筝还没有被灰尘淹没
你要在清风徐徐的时候
在威远城西,放下酒杯,放下疲惫

锦石呈纹

山石多纹,是谁的神笔
将石头和流水并列
将花的颜色,鸟的啼鸣,刻在石头之上
一朵花开有迹可循
流水绕着泥沟山盘旋之时
石头仿佛受了神灵的抚摸
那么温润,那么细腻
如一块块充满神秘的玉石
带给你神话的底蕴

一块石头被雕琢，自然被雕琢
那些剔除的和保留的
是泥沟山最执着的力度
让你幻想，听闻，轻轻抚摸砂石
想到时光如刀，刀如时光
一场风雨，就把一座山和一块石头
分割成各自的颜色

圣泽蒸云

龙王庙里的祈祷声
已经太远了
山麓里的流水，自顾自倾斜
蓝天白云都在水里照着身影
每一个黄昏时刻
独坐在流水浸润的庙宇旁
都是倾心的打坐

没有龙出现在庙宇上空
那些被纪念的神龛上
总有目光穿过木质的牌位
看穿风云变幻
浩瀚的风雨，凌驾在手掌之上
翻一次，时光就老一回
梦就浅一点，而流水
就显得更加清幽，暗凉依然

梦里驼铃掩战鼓
时过境迁时，有人醉酒当歌

1

丝绸之路就在脚下，只要你闭上眼
用心灵和心灵碰撞
你就会听见驼铃声
听见踏踏而来的一路风尘

这是平行的轨迹
是历史和历史的交融
是晋商文明从古到今繁衍的智慧

2

西亚和欧洲不远，因为文明和文明相邻
山高算什么，水险算什么
杀虎口的明月不再有铁蹄扬起的灰尘

中亚粟特人在这里点燃炊烟
波斯萨珊朝银币在这里寄居
锻布、盐、茶、铁器一批批运出去
牲畜、皮毛、木材一次次搬进来

杀虎口曾经的战鼓阵阵
那浩瀚的曲调,一夜之间变了风格
只听得驼铃声声悦人耳
只见得马市人头攒动,摩肩接踵

3

杯酒香味十里便醉倒了一群人
榷关人入市,留恋忘回返
"平集堡"喧闹异,人声马声往来急
商铺前叫买叫卖南腔北调,此起彼伏

酒楼饭馆笑语轩昂人声鼎沸
"吉盛堂"(百货铺)商品琳琅
"荣生盛"(钱庄)钱币充盈

4

右卫城就是"小北京"
纸坊、毡坊、油坊、剪子铺……
铺铺生意兴隆
粮店、酒店、旅店、发货店……
店店诚信为商

"大盛魁"驰骋欧亚九千里
说不清的资产,道不明的库存
俄国哔叽、日本铜器、蒙古皮毛、湖广茶叶
"上至绸缎,下至葱蒜"
精明练达的"秦钺"是晋商文明的巨头

是历史不能忘记的精髓

5

西望归化（今呼和浩特市），包头、宁夏、兰州……
北走库伦、乌里雅苏台、科布多、哈密……
路长长路漫漫，时过境迁
曾经冷漠的边关，成为繁荣的商旅

禁不住慨叹岁月不长不短，刚好唏嘘
刚好在一个月夜，踟蹰思念
刚好让人轻轻坐下来，慢慢缅怀

6

缅怀西口古道青石板上落下的泪水
招一招手，那个消失在口外的背影
已经又等了三年又三天
风沙满天飞
泪水风干了，时光黯淡了
门楣上的旧对联再次被岁月剥去了颜色
等待就要石化
就要成为黄土坡上流失的水土

梦里笑着哭，哭着笑
那个北出恰克图的汉子啊
茶马通道已经开张
杀虎口早已敞开温暖的胸膛
等着你三更半夜马蹄急驰

文明碎片躺在土地之上,默默昭示

1

捡起一块瓦砾,抚摸一块瓷片
历史的痕迹不远不近
她那么安静地躺在土地之上
向我们默默昭示
心潮起伏
把虔诚的心供养在文明碎片之间
敬仰他,审视她

仿佛忽然之间回到远古
仿佛自己就是"丁家村人"
正在用笨拙的石刀,切割兽皮

2

拿起铜戟,轻轻抹去斑驳的战争
我似乎闻到残留的血迹,看到边关冷月下
戍边战士坚定的表情后面
不忍显露的柔肠百回

那是对白发娘亲不能尽孝的悔恨
是对妻儿泪水涟涟的思念

是不能不用男儿意志筑起的血肉长城

故乡遥遥在望，亲情必然放下
大义凛然，或者视死如归
是每个用身躯捍卫家园志士的精神

3

朱雀玄武博山炉上
那些明明暗暗的山水云文
莫不是我们意境里天堂的缩影

君王们长生不老的愿望
只是一场劣质的泡影
兴，百姓苦
亡，百姓苦
国家兴亡之间，每一个王朝的没落
都是一道警戒线
日日夜夜悬在三尺之上
让人警醒

4

还是把美好的愿望，彩绘在陶鼎
每一道色彩，都是一个美好的祈愿
智慧和工艺的完美结合
是汉代承前启后的雄风

或者把镇席之物摆在供桌上

不仅要镶嵌贝壳，更要有吉祥的珠宝
让鲜卑女子戴上鹿角头饰
东北逐水而来
美轮美奂，谦谦君子好逑

5

女真剔花瓷罐宽阔的口径
就像一口深井，昨天在这里进出
明天在这里探询

鎏金菩萨塑像
是信徒各执一词的见证
千年恩怨一眼望穿，可是终于忍不住
想问一问神灵
这金身
除了有照耀万世的光芒
可否能让每一个善良的灵魂
有所皈依

6

而铁器的文官武将，判官铁笔
每一个逼真的生态
都刻画了灵魂深处不可言说的奥秘
几千年不断生锈
不断沉默，依然表情生动

还是手捧黄陵装裱的水陆画卷

让众生徐徐呈现
佛道儒家、帝王将相、百姓商旅
都会在历史的尘烟里，慢慢落幕
轻轻怀念

7

在温酒樽里倒满玉液琼浆吧，文火加热
席地盘膝
对着秦时明月汉时关
一杯又一杯
千杯万盏诉不尽惆怅满怀

插一束野黄花
汉白玉花瓶不是观音手里的净瓶
恩泽是一样的，无论在明代，还是在现代
佛心佛念是每一个心存善念的人
修身修性的见证

8

慢梳妆，上楼台
青铜镜里白发重生
每一个独守的空房里
都有一段曲折的故事，日夜纵横

那是五铢和半两钱币不能买回的深情
是中陵故城每一座汉墓下
想象的驰骋

封土之上，灵魂对弈
胜者败者上演着曲折而古老的传奇
它们蹒跚而来，蹒跚而去
在右玉浩瀚广袤的天宇之下
扪心自问

第二章

历史烽烟散,右玉历经沧桑后,满腹荒凉

不毛之地上,那些裸露的黄土是记忆里最疼痛的画面

1

回顾历史,就像回顾一场大梦
梦里马蹄声疾,忽远忽近的场景
隐隐约约地悬挂在心头最显眼的位置
战乱,兵火,风沙,干旱
食不果腹,民不聊生的右玉
让人沉默无言

沉默不能使人忘记苦难
不毛之地上,那些裸露的黄土
一定是古老右玉心灵上的伤疤
是历史之殇留下的佐证
毛乌素沙漠离得不远,它是罪魁吗
或者是战争,改变了地域和环境
"一年一场风,从春刮到冬"
这块晋西北土地上衍生的苦难,让人潸然泪下

让我们再一次缅怀远去的风声雨声
为了更坚定地朝着幸福的方向
一路豪歌

2

"六月雨过山头雪,狂风遍地起黄沙"
王越没有用夸张记录时光
岑参也没有断章取义
"北风卷地白草折,胡天八月即飞雪"
右玉,就是这些逼真诗句里的影子
她蜷缩在魔鬼般的气候里
无奈哭泣

一盏油灯在白昼点不燃激情,风沙遮住了日月
遮住了右玉人向往的通道
"黑夜土堵门,白天点油灯"
抬起头看不到太阳的光线,那些黄晕
仿佛是酥油灯熄灭的证据

这灯光不会给右玉人带来祈愿
带来蔚蓝的天空
天上看不到白云婉转
漫漫沙尘
包裹着每一个睁开眼的日子
走出去,沙尘会填满你的口
什么话都不用说,也说不出来

昨天的幼苗早已没有了踪影
那星星点点的绿,什么时候才能繁衍
才能光鲜地裸露在天地之间
像天光,开启梦里的天堂

哭有什么用呢？泪水还没流下来
就没了踪影
牛羊一夜之间去向不明
连一声号叫也没有留下
咫尺之间
你是谁？谁是你
熟悉的面孔之间，是陌生残酷的风声
田园里，那些挣扎在沙土里的禾苗
今日明朝两重天

3

命运就像儿戏，彻底反转一个故事
就像希望忽然之间，逆流而亡
等待和失望循环，无奈和痛苦徘徊
泪水和泪水辗转

"年年春夏旱，十井九口干"
龙王庙在风声里哭泣
泪水干了，汗水干了，希望也干了吗
那些供奉的神器
能不能给我们带来流水和花朵

干裂的土地，就像皲裂的冻疮
缝隙和缝隙交接
支离破碎的土壤
狰狞地露出牙齿
咬不破一颗种子萌动的激情
湿润的希望搁浅了

生活就像一口干渴的大井
睁着迷茫的眼睛，却没有泪水
而八月，就像陷阱
洪水如大蟒，从天而降
曾经贫瘠的土地更为贫瘠，连破旧的衣裳
也难以收留
房屋下是亲人遇难的尸体
牛羊随着流水远去
生灵涂炭的时候，没有谁能解救

四十和二十的比例，是每两年一次的洪灾
就像魔鬼紧紧扼住生命的喉咙
你不能喘息，你对着苍天号啕
嗓子发哑
灾难
就是面对时，无力挽回的疼痛

生命无常，四季无常
严冬是最坚硬长久的
六个月的严寒
让你彻底臣服在严酷的气候里
右玉，就像一个百年难遇的冰窟
被冰封的，不仅仅是右玉人火热的生活渴望
还有一颗颗跳动的心

4

历史虽沧桑，但终于说明了过去
现实也残酷，却需要力量去承担

男人走口外，女人挖野菜
残破的窑洞遮不住漫天沙尘，暖不了
走西口的决心
那就走吧，顺着西口古道漫天的风沙
一次次回眸，满是心酸
搭起手瞭望，希望场场落单
窘迫生活带来的灾难更胜一筹
一场场风沙掩埋了田野和村庄
一次次干旱干枯了禾苗和泪水
被迫无奈走吧，一直走
不回头

自然不狰狞，只要人心齐，泰山也会移

1

沧桑是历史留下的遗迹
洪荒是自然探索的脚步
贫穷和落后，是一个时代历经的苦难
右玉，在偌大空旷的苍白面前
显得无力，渺小

生活不会因为你的懦弱，而垂怜
面对生存，哭泣和退缩
带来的是更多的灾难和泪水
那就站起来
朝着风向，朝着满眼满眼移动的沙丘
朝着裂开口的土地
朝着冰天雪地里孕育的希望
握紧拳头
命运，就是站在悲伤的脊梁之上，眺望

2

他们踏着历史的脚步声，一路风尘而来
他们没有豪言壮语
用一双手，点燃油灯下的智慧

他们站在右玉干渴贫瘠荒芜的土地之上
在每一个艰难的日子里
种下汗水，种下希望，

历史记着他们的名字，记着他们劳作的身影
记着右玉大地上无法磨灭的脚印
记着夕阳余晖里，一个个朴实的面容
他们就是右玉人
就是右玉土地上，最真实的存在和纪念

二十任县委书记，一百多名绿化功臣
数字仅仅是数字，却不能代表数量
更多生长在右玉土地上的无名者
用自己一生的汗水，记录了开拓的痕迹
他们见证了右玉
从蛮荒，变为神奇美丽的土地
他们代表了右玉人坚韧不拔的愚公精神

3

右玉的山山水水记着他们
一草一木记着他们
吹过的风，落下的雨记着他们

记着一段段冲天的豪情
记着一张张因为劳累而褶皱纵横的面孔
记着一双双长满老茧变形的双手
记着一次次不眠之夜，一遍遍和自然抗争的镜头
记着智慧，记着传奇

记着愚公移山精神里,不朽的神话

4

时光荏苒,过去还没有走远
缅怀的情思一遍遍冲击着血液里
最原始的感动
抓住每一个片段,提取最深情的凝视
凝视历史镜像里,那些不朽的名字

当我们在塞外绿洲放飞中国梦
当我们徜徉在右玉绿色通道里
感受生态旅游带来的惬意
当我们盘坐老炕,轻轻叙说曾经
那一个个定格在右玉奋斗史里的镜头
又一次冲刷着我们澎湃的血液
一回回用心丈量,一次次泪湿眼眶

一抹脚印染边塞,退却战火签风沙

1

三十五岁
壮志满怀的年龄
梦想踟蹰,路途艰涩
曾经的战火和硝烟
熏染了一副坚硬的骨骼
死亡的痕迹
没有给他留下畏缩的烙印,部队浩瀚的年轮
磨炼了他的心志
特殊的学校,赋予了张荣怀特殊的情怀
意志如磐石,心灵胜皎月

右玉的狂沙
就像魔鬼刚刚冲破牢笼
似乎刻意试探这个年轻的灵魂
它们肆意暴虐,用最严酷的嘴脸
考验着新中国成立后的右玉
考验着张荣怀的信念

2

第一任县委书记来了

他的胆魄
在漫天风沙的洗礼里，能不能证实
曾经浴血的身躯，是否站得直
挺得高

"立夏不起尘，起尘活埋人"
右玉的"拉骆驼风"平地起丘
就像妖魔突然降临
蔓延不断，无头无尾
让你看得见，捉不到
它自西向东席卷而来，杀气腾腾
生灵被活活掩埋
土地作物瞬间没了踪影

诡秘的平地起风
顷刻间天昏地暗间
树断了，房屋倒了
天地一片黑黄，人间和地狱融合在一起
泪水和沙尘混合在一起

3

时间仿佛刚刚凝聚在一个节点
立夏时刻，和张荣怀上任的时间刚刚对接
风沙扑面，眼睑看不到身边的同伴
脸上被打出了一个个小红豆
满嘴的沙尘，就像咀嚼了一块岩石
他扑倒在风沙里
半截身子和沙土紧紧相拥

今生终归有一次面对自然的雷霆
用身心，抗衡天公
他惊叹
原来，这里的战场，有时候比前线更残酷
所有的困境，仿佛在眼前一一展开
所有的梦想打上了一个问号

4

环境改变了右玉人的生存
生存质问着人民的信念，怎样的支柱
才能竖立在漫漫风沙之中，猎旗摇曳
上任后的第一难题，就像严峻的考试
就像看到敌人不断挺进祖国的河山
就像面临人生抉择的纠结

张荣怀沉默了
满腹心思，却是荒凉的空白
怎样走，如何做
什么样的方式，才能安详地
面对这块坚硬的土地？

天主教堂不能带给人民温饱
县委会里的空谈就是空头支票
走出去，用行动找出路
听人民心底隐隐的伤痛
让他们尽情流泪，诉说生活里
那些一言难尽的苦难

5

阳光热辣辣,夏天的高原就像一口蒸锅
一切事物都被煮得冒着热气
紫外线仿佛一枚暗箭,不小心就会中伤你
军装湿了,脸膛黑了
新布鞋张开大大的口,喘着粗气
沙子不失时机地像烧红的豆子
烫伤他的脚板

走,从东边的牛心堡到西边的马营河
从浑黄的苍头河两岸到苍茫的古长城脚下
从南部的元堡子,到北部的破虎堡
从三百多个大大小小的村庄尽头
到上千道沟梁河岔……

右玉的沙丘熟悉了他
沟沟坎坎刻下了他匍匐的背影
田间地头留下了他亲切的笑颜
土炕的夜晚因为他的询问,多了温情
"救民良方"在探索中渐露端倪
嘴裂了,脚肿了
手破了,衣服被晒得掉色了
身体消瘦了,眼圈黑了
他仿佛刚从硝烟弥漫的战场,退下阵来

6

"曹村东沟"那片树林

仿佛是天堂上掉下的一块玉石
它用自己最深切的体验
告诉人们，世界的改变需要智慧
更需要艰难的历程
这里少了风沙，多了生命的意义
少了无奈和悲哀，多了奋进和执着

高家堡，那个光着脊梁的农民
倔强地站在风沙的前沿
用锹头和汗水，创造了风沙中的世外桃源
他是三十一岁的曹国权

"种下树，就能打粮食"
简单的道理无须更多的解释
朴素的愿望里智慧正在开花
他的树林，保护了他的土地
湿润的泥土上，山药摇曳，胡麻挺立
莜麦花开得灿烂，似乎能笑出声来

曹国权的智慧就像一道闪电
开启了迷茫的天眼
种树，在风沙中种树
在干旱的风沙中种树
在右玉炙热的大地和风沙中种树
阻隔风沙，打下粮食，过上好日子
信念一旦开花，就会顺势蔓延
张荣怀的心沸腾了

路就在脚下，智慧就像启明灯

让失眠的眼睛散发出别样的光芒
思想种子发芽了
它要扎根在右玉荒凉的土地上
执着的意念
要长成一棵参天大树

7

四个月的徒步，似乎走出了一条阳光大道
1949年10月24日，一个让人纪念的日子
县委工作会议上的口号，响亮而朴实
"人要在右玉生存，树就要在右玉扎根
右玉要想富，就得风沙住
要想风沙住，就得多栽树
想要家家富，每人十棵树"
口号响亮而明确，没有华丽的修辞
来装饰右玉第一任县委书记的发言

全场在沉默，力量在凝聚
历史进程因此改变
右玉人的命运也因此重新起航
这口号
是一百二十多天徒步积累下的经验
是一颗蓬勃欲发的种子
是一道天光，一场整装待发的战争
是被千千万万后来人铭记的格言

这是根本的出路
命运的砝码交给时间衡量

这是需要六十多年实践证实的轨道
它热烈而急切地烙在人民的心上

8

1950年春天
"三干"会议启动
向风沙宣战的誓师大会隆重召开
每人十棵树,家家要植树,人人要植树
党员带头,干部领先

为了右玉美好的明天,他们扛起锹头
在右玉老城的西门外
顶着狂烈的风沙
在苍头河边挖下了第一个树坑
上百名机关干部,跟着一颗热烈的心
跟着执着的情怀和深厚的爱
跟着风沙埋没的脚印
拉开长长的队伍,坚定地弯腰,刨土
刨土,弯腰

第一个树坑
拉开了右玉六十年植树造林的序幕
接力棒不断传承,精神持续昂扬
风沙再大,没有犹豫
天气再恶劣,没有后退

第一个树坑
为六十年艰苦奋战的"右玉精神"

为那些执着的愚公们
奠定了顽强的基石

9

1950年春到1951年秋，全县四次造林竞赛
二点四万亩树林蓬勃
五万零星植树的记录，就从第一个树坑开始
上演着右玉六十年顽强拼搏的场景
张荣怀在风沙里留下的第一抹脚印
清晰地印在后来人的心头
一年又一年，代代传承

誓言不会随风飘远,脚步就在这里扎根

1

苍头河畔的冬天,仿佛更冷酷
冰凌碴就像一面破碎的镜子
映照着树苗挺拔的身姿
映照着一张欣慰的脸

誓言从春天出发
一路向北
胶轮马车碾出的车辙
烙上了1952年的痕迹

春天,多么鲜亮的词汇
从阳高到右玉的行程,就像孕育的希望
期待璀璨的黎明

右玉不会因为季节,而改变惯性
风沙也不会因为希望
停止肆虐的步伐
黄风黑风,遮天蔽日,飞瓦断树
就像别开生面的欢迎仪式
让王矩坤深深刻在了心窝

屋子漏风怕什么
睡在土炕怕什么
被子单薄怕什么
"怕"在三十岁的字典里还没有出现
在王矩坤的生命里没有发芽

2

"大风撼树"的日子
敲响了人民代表的激情
和天斗，和地斗，和肆虐的风沙斗
和自己的意志斗
斗出个山高水长，绿树丰盈

誓师大会口号冲天响，握紧的拳头
就像临阵的炮火
冲锋号已经吹响，前进，再前进
沿着风沙的轨迹
誓言响起的地方，风沙在听
天地在听，右玉的人民在听
小老杨的枝条也在听

3

"空中苗圃"仿佛空中楼阁
树木需要更多前赴后继的资源
填补树坑的空白

书记的脸是黑的，鞋是破的

笑容是甜的,手上的血泡是真的
头发和脸是灰黄的
可是,他的语言是亲切的
就像春风吹动树苗,就像甘露降临黄土

群众的心被点燃了
右玉植树的雄心被点燃了

4

"以工代赈"拒绝了走西口
饿,不是天经地义的借口
土地需要滋养和爱
需要精神长久的奔跑,家园就在眼前
双手就像风沙里探出的树苗
拯救或者逃亡
需要思索,需要创造,需要拼搏

一个春天,三万余亩树林
誓言就像扩展的林地,招展着鲜艳的脸庞
路还在延续,风沙还在逞威
可落地有声的誓言,一直在喧响
接力棒没有停下来
也不能停下来,听
猎猎风尘中,号角声声铿锵

初战败北路途艰难，
英雄泪湿衣襟长歌当哭

1

生活需要对比，才能锤炼出味道
故乡的山水，就是镌刻在心灵上的一幅画卷
画卷里，姑娘们水染流云
云雀跳跃在波光上，幸福被柳枝垂钓
岸上青草茂盛，时光就像浓缩的水彩
新鲜而斑斓

马禄元的回忆，总会在敞篷车的豁口凝聚
一路黄沙随着车辙滚动
故乡的记忆越走越远
难道征途就是昏黄日光里
右玉呈现出来的残破和恶劣
难道右玉就是边塞古城下
一道难以逾越的天然屏障

2

二十九年，时光不紧不慢地雕琢着一个人的意志
雄性的血液不会因此退却
辗转，失眠

失眠，辗转

山丘沟梁、沙丘河滩，身影没有停歇
眉头锁起来，呼吸重起来
担子撑起来，脚步稳起来
种下的麦子被刮跑了
山药蛋的种子孤独地躺在黄沙之上
就像干煸的惊叹号

"春种一坡，秋收一瓮；
除去籽种，够吃一顿"
窘迫更像一个又一个响亮的耳光
让人脸上除了沾满沙土的汗水
更多了心酸的泪水

水土流失了，大地的骨骼狰狞而恐怖
埋下的希望裸露出来
幼小的禾苗树苗在风沙和干旱里挣扎
就像断奶嗷嗷待哺的婴儿

天，没有听到哭声
地，没有收容贫穷
天地不会因为泪水和疼痛
怜悯懦弱的臣民

3

那就站起来，继续和命运抗争
十年，又十年

三十年，五十年

种树，一棵又一棵地种
白天种，黄昏也种
晴天种，沙尘遮天蔽日也种
老人种，小孩也种
一条沟一条沟地盘点
一道坡一道坡地衡量
一个坑一个坑地挖掘
一棵树一棵树地布阵
哪里能栽就栽在哪里
哪里能绿就先绿了哪里
以林促农，种草种树
让希望就这样铺天盖地的蔓延
让春天就这样随着风沙鲜艳

黄沙洼怒了
风怒了
沙土就像战场上凌厉的子弹
他们张开灰色的羽翼
仿佛要淹没这座千年的老城

4

延安造林大会的东风
就像一场甘露降临，干渴的心灵滋润了
誓师大会情绪就像沸腾的开水
大战黄沙洼
大战黄沙洼

大战黄沙洼

"奠基树"是黄沙梁上的一面旗帜
"学生林""青年林"意气风发
"三八林""革命林"英姿飒爽
大战黄沙洼的序幕
已经徐徐拉开

绿化基地建成了
元子河、苍头河、马营河、杨千河红旗飘扬
四十个山丘的万人绿化场地人声鼎沸
吃炒面,喝山泉水
跟着星星走,披着月亮睡
喊着号子挖,排着长队浇水

5

长长的护岸林,就像一道绿色的长城
挺拔在黄沙洼的脊梁之上
风沙中,春天的叶子仰起脸
仿佛在向人们诉说
那晒黑的脸庞上晶莹的汗滴
那双手褶皱里裂口的血泡

然而,1957年的秋天
马禄元趴在黄沙洼的沙梁上
号啕顿足
无助和无奈就像两把刀子
划破黄沙洼绿色的希冀

英雄悻悻两相惜,携手再战黄沙洼

1

树苗横躺在沙土里
那些干枯的枝条就像裸露的尸骨
风依然凄惨地吹,沙土依然随着风势
纵横驰骋
满目疮痍摧毁了炽烈的热情
几千人两年的心血,被黄沙深深掩埋
泪水就像决堤的坝口
冲垮了男子汉胸膛里坚强的堡垒

"哭,是最懦弱的!"
风可以更猛,沙尘可以更狂
土炕可以更挤
庞汉杰和马禄元紧握的双手,不会因为寒冷散开
不会因为权益散开

绿色的希望,让握紧的手更牢了
那就挺起胸膛,昂起头颅
在氤氲的山茶雾气里,促膝相谈
手紧紧握了七年
右玉的山山水水记下了他们的足迹
山丘土梁留下了他们的身影

和那些一笔一画的圈圈点点，描描画画

2

"庞老汉"一声亲切的称呼
就像春风拂过沙尘蒙蔽的土地
脚丫起泡算什么
脸晒黑了算什么
破鞋破帽算什么
只要黄沙洼变成绿树洼
只要树叶沙沙的呼唤，传遍每一颗心灵
只要漫山遍野清脆的风，唱响心里的契约

自然最无情，"五害"以最残酷的嘴脸
不断朝着右玉人张牙舞爪
风沙漫漫无休止
干旱的土地裂开焦灼的大口
土地裸露出贫瘠的骨骼，一道道刮痕
就像伤疤，就像绳索
抽打你因痛苦扭曲的脸庞

霜冻、冰雹铁面无情，冷——
从心里到脚底的冷
不住蔓延

3

用智慧开辟生命的绿洲
用头脑修改命运的堤坝

穿靴,戴帽,层层治理
扎腰带,贴封条,逐步设防

曾经是右派的张沁文
被慧眼识得英雄面
他用智慧衡量了右玉
也衡量了一段旅途
就像千里马一旦扬蹄
再艰难的路,都是一道云烟

马营河苍头河的雁翅形护岸林
就是张开的翅膀
收拢了梦里灰色的镜头
沙丘上撒网,布下严密的阵脚
固定土地曾经软弱的皮肤
一片片灌木连起来
一层层草地抱紧瘦弱的根须
一棵棵树木逐年连成林带

4

再战黄沙洼
铁锹就是武器,沙滩就是战场
人民就是力量,技术就是平台
再战黄沙洼,血恨曾经的耻辱

干部、工人、农民、
商人、学生,人人争先
各行各业处处奋进

热情就是顶着炎炎烈日吃窝窝头
喝山泉水
热情就是肩膀挑水磨老茧
手掌把锹打血泡
热情就是全民不计报酬,不怕艰苦
沙土里滚
泥土里睡
热情就是两书记携手并肩整七年
没有名利
没有争斗
热情就是三战黄沙洼捷报频传

一洼一洼的树
一坡一坡的草
一片一片的灌木
迎着风雨茁壮,顶着严寒高歌
二十里的黄沙洼绿了
二十里的黄沙洼笑了
二十里的黄沙洼迎着暖暖的骄阳
展开厚实的胸膛,激动得哭了

5

东门外的风神台高高挺立
黄沙洼林地的入口处
一块石碑默默地记录流年沧桑
英雄是没有名字的
有名字的只是这块石碑上安静流淌的
坚硬的泪水

一日又一日，向过往的行人倾诉
倾诉曾经长歌当哭的奋斗
艰苦卓绝的激情

6

沙棘仿佛是生命的象征
哪里落土，就在那里生根发芽
一代又一代不断衍生
一棵又一棵不断茂密
它们就像此起彼伏的右玉人
艰苦的环境正好是锻炼的战场

扎根，守望，传承
它们茂盛的尖刺，仿佛是天生抗拒灾难的利齿
他们的生命里没有怕字
有的
只是一年又一年不断扩大的疆域

苍头河马营河的湿地
一定是母亲温润的怀抱
沙棘扎根了
草木樨安家了
风沙减少了
水土稳定了
失眠减少了
右玉英雄的战斗史
雕刻了一双紧紧握住的手

常禄之树,如挺拔的青松,是记忆里的丰碑

1

"有的人活着,
他已经死了;
有的人死了,
他还活着"
常禄一直都活着,活在苍翠的丛林间
活在史册的封页
活在右玉人民的心里

他没有走远,你听
松涛阵阵是他的呼吸
树叶闪着温暖的光芒
是他的眼睛在快乐地留恋
雨是他流过的泪水
风声喃喃,是他的细语柔软
他的名字刻在右玉丰满的胸脯
他的故事在茶余饭后代代相传
他的身躯已经化作巍巍青山
他的足迹,踏遍了右玉的山川河滩

2

篱笆墙是常禄安家的唯一见证
圈起来的土地,长出的那些绿色
就像希望一样蓬勃

固风沙的接力棒就是使命
就是右玉人长期斗争的荣耀
"长远富农林牧,当年富粮油副"
依然要扛起锹头
依然迎着风沙,挖坑,栽树,浇水
依然男女老少一起干
白天黑夜不分家

病了不回家,饿了吃干粮
风雨来了昂起头
走乡下,看禾苗,踱草地
常禄的心不在胸膛里
它在禾苗被风吹动的哨声里
在山坡沙尘飞扬的料峭里
在树枝抖动的绿叶里
在荒山铺展的荒芜里
在樟子松树苗挺拔的身姿里

3

雨季,湿润的土地上
一个身影在沉思
这软软的泥巴,带给常禄的不是坎坷

更多的是神采飞扬
三季植树的想法激动着他的心扉
久违的笑容,也被雨淋漓的湿润
植树造林的步伐加快了
右玉的造林史,又添上了浓墨重彩的一笔

"三北防护林"的东风,给了常禄更多契机
农林建设攻坚战打响了
"美丽右玉"的远景目标,就像一片近在眼前的蓝图
开启了全面规划的智慧航线

抗水固土林,防风固沙林,护岸林
林林因地制宜
薪炭林,果木林,针叶林
棵棵有满满的收益
盆地,流域和荒山
三大战场的序幕徐徐拉开
美好的明天就站在不远的地方
遥遥招手

4

"村庄道路林荫化,坡梁林带梯田化,
滩湾盆地园林化,高山远山森林山,
近山阳坡花果山,盆地流峪米粮川"
方向和目标,就像一面迎风招展的旗帜
带领大家向前去

大踏步,扬起实干的风帆

"队队有苗圃"，"社社都育苗"
苗圃一个连着一个
三八苗圃，威远苗圃，国营苗圃……
苗圃里生机盎然，充满活力
棵棵小树就像新生的婴儿
从头到脚活力四射
它们的每一个动态都牵着人们的心

树苗一颗连着一颗
群众杨、合作杨、北京3号
挺立在山坡沟壑
灵丘青杨、小黑杨绿意盈盈
落叶松、油松
云杉、樟子松、桧柏
四季常青
单一的栽种品种被涤除了
古老的方式只能是故步自封

右玉的土地上
更多的希望更多地生长
这片热情的土地
猎猎旗帜迎着蓝天白云
不断扩大，蔓延

5

步调是一致的
心里的愿望是一致的
大阔步的动力是一致的

所有豪迈的歌在右玉的上空唱响
时间凝聚在这个伟大的时刻

人心齐，泰山移
每一颗跳动的心灵
都有神圣的期盼和无尽的祈愿
不靠天不靠地，靠的是
一双双布满老茧的双手
一把把磨秃的铁锹
一次次越战越勇的奋斗精神

"杨家军"只是曾经独领风骚的前驱
而今，漫山遍野百树争鸣
你能听到不同的曲调
看到别样的情怀

当清风飘起
绿波一浪浪翻过山梁
松涛有着海一样辽阔的呼喊
白杨挺拔的身姿，就像边疆的卫士
云杉展开婀娜的体态，娇媚而舞
桧柏把目光眺到更远的地方
白云淡淡，慢慢飘在右玉的上空
蓝天上，大雁一行行慢慢徜徉
它们，也在留恋这漫山遍野充盈的生机

右玉变了
当你被漫山遍野的绿色包围
你会感动，激越，甚至想放开喉咙

把燎原的民歌吼出来

6

常禄的笑是从心里蹦出来的
此刻，所有的苦难和辛劳
所有徒步走过的山梁，沟坡
所有一步步丈量出来的土地
和每一棵用汗水浇灌的树
所有因为植树流过的泪，不眠的夜
都变得那么幸福

王德功不会忘记
当浇过的树苗倾倒，当常禄威严的目光
扫过每一棵栽种的树苗
当饭菜久久搁置不能动筷
当常禄亲自扶正踩实七棵树苗下的泥土
他的羞愧不可言喻

从那一刻起
他的字典里便没有了好像二字
把握植树的每一个细节
把握人生的每一个细节
是常禄给王德功上的最好课题
常禄徒步入林找出的宜林地带
仿佛狠狠地扇了他一个耳光

马官屯村山梁上
那片几十亩的荒草坡地

给了他一生的烙印

"没有大面积的宜林地带可以栽树了？"
质问就像鞭子
抽打着他说出去的话
影响着他后半生的品质

天可以哄，地可以哄
良心和责任不可以哄
右玉植树造林的大事不可以哄
"种下的是树，树起的是人"
挺拔的树，暗喻挺拔的人生

7

人生不能扭曲，树苗不能弯曲
责任，不能歪曲
"林业学校"的成立
为右玉的发展描绘了更伟大的蓝图
一代人又一代人为了右玉绿色的明天
呕心血，尽智慧
愚公移山的神话重现了
青山不老，意志不衰

调离的前期，常禄依依不舍
继续突击种树，继续摸爬在植树第一线
继续顶着日月旋转
生命就像陀螺，转动在右玉的土地之上

8

五十九,多么短暂的生命历程
却是多么伟大的绿色丰碑
每一棵树的背后
都有他坚毅的身影
每一片枝叶上
都雕刻着他不朽的名字

"有的人活着,
他已经死了;
有的人死了,
他还活着"
常禄一直都活着,活在苍翠的丛林间
活在史册的封页
活在右玉人民的心里

困境中的探索之路,一直在延伸

1

历史的浪潮,把袁浩基推到了风口浪尖
"四化"干部的选择
要能经得起时间的历练
要能经得起风雨的冲刷,坎坷的行程

"服从组织分配"不仅仅是一句话
更要有艰苦的决心
奋斗的勇气

"种草种树,发展畜牧;
促进农副,尽快致富"
右玉的贫穷有时候让你不敢目睹
没有被子的土炕
很少的山药蛋和莜面
残破不堪的校舍
泥泞坎坷的土路
除了绿色,右玉没有收入,更没有温饱

真实,就是面对如此的境地
辗转反侧的失眠,绞尽脑汁的思考
彻骨的震撼

无休止的思量
痛定思痛,如何摆脱梦魇一样的生活
让幸福和温暖
像阳光一样照亮右玉的大地

如何让微笑像花儿一样绽放
而不是皱起的眉头
面对彻骨而揪心的艰难

2

政治不能粉饰,直面才是英雄
多种优惠扶持政策
只是一时的权宜
不能长久改变生活的困境
要想走出梦魇
就要独立,迎着阳光的方向
开启内在的造血功能

十六字致富方针
不是空头支票
任何决定的背后,不会是顺风顺水
讨论,制定,再讨论,再制定

袁浩基有着"三顾茅庐"的恭敬和虔诚
广邀专家学者
外地资源积极引进
右玉的改革发展,被打开了
一扇厚实的大门

如天光被开启,希望应运重生

3

苍头河水流淌不息
探索的脚步就不会停止
木樨、沙棘、柠条等二十九个品种
在苍头河的湿地上安稳落座
它们吮吸着苍头河的乳汁
一年年不断铺展
一季又一季,把顽强的生命力,向大地昭示

饮料生产线也建成了
橘红色的沙棘汁,就像琼浆玉露
滋润了右玉人的生活
甘甜的滋味,就像人民不断续接的幸福生活
洋溢着喜悦的滋味

4

小老杨衰老的身子,焦灼人心
改良,更新
优种嫁接,速生丰产,乔灌混交
智慧就是指路明灯
在所有坎坷面前,找寻更广阔的道路
迈开大步向前去

让杨树的身姿焕发出昔日的风采吧
让昔日的山坡风采延续

让大地以更崭新的面貌
迎来右玉广阔天地间
轰轰烈烈的改革浪潮

袁浩基坚持发展基础教育
不仅种树，更要育人
百年大计，不能靠天靠地靠老一辈的支撑
右玉，需要更多有益的人才
继承发展更辉煌的明天

5

勘探地下宝藏
向天地伸出双手
不仅对抗自然残酷的考验
更懂得
所有苦难的背后，必定有丰厚的回报
地下储备的乌金
让人兴奋，雀跃，它像一道黑色的闪电
划开沉重的夜幕

挽起手臂，大干一场
在黑色的植物古老的内心
找到更光明的灯盏
"以地下补地上，以黑补绿，以炭补树"
以坚定不移的信心，卓越的智慧
改变一穷二白的窘迫
改变因为贫瘠而沧桑的脸

6

世上最痛苦的事情，莫过于失去亲人
那一天的情景依然历历在目
那一天的悲伤似乎还留在他的记忆里

下乡视察很紧迫
听取报告不能离
总结指示必须做
可是，当病中的父亲不能等待他
全家的哀伤和痛苦就像冷雨
抽打他的时候
他瘫软了

没有见上父亲最后一面
没有和父亲最后告别
是他一生最痛心的内疚
六年的坚持和奋斗
六年，最后却留下了老父亲孤独的坟墓

7

袁浩基就要离开这片抛洒汗水和心血的土地了
他长久望着满山的苍松翠柏
长久沉默，泪湿眼眶
和他六年携手的姚焕斗
接过了满载着希望和信心的接力棒
一干，就又是六年
跋山涉水，考察治理

"一个系统一座山头,一个单位一个林场"
"咬定植树不放松"

又是一场大干,又是废寝忘食的研究和探索
又是头顶烈日走遍山山水水的六年
又是朝着蔚蓝的天空
望着迎风翻滚的林海
不断思索创新奋进的六年

六年里的携手
如同乔、灌、草的联盟
手拉手肩并肩迎着风雨,一路豪歌

8

片、带、网层层推进
土地就像穿上了绿色的卫衣
防护林体系纵横交错
"塞上绿洲"无愧题词
"大美右玉"无愧钦佩

"酸酸溜溜媳妇"唢呐声声昂扬
绿化功臣泪湿衣衫
《希望就在这里》没有夸张
所有的剧情没有任何虚构

右玉人民的心,燃起了熊熊大火
奋斗,再奋斗,继续奋斗,不断奋斗
人人自觉,个个争先

姚焕斗仿佛看到更美好的生活
像画卷一样徐徐展开,像花一般
开在他的梦里梦外

9

1991年10月30日,是终生难忘的日子
离开,不仅仅是留恋
更多的是感慨,和回忆
再走一遍林地,听风中树叶的沙沙声
再踏一遍河滩,抚摸沙棘的尖刺
再爬一遍山坡
看土地丰盈,牛羊遍野
花香阵阵

眼泪流下来,擦干
擦干
又流下来
原来,离开这片奋斗了十二年的土地
竟是如此艰难
原来,那把磨秃的铁锹
沾满了姚焕斗十二年点点滴滴的梦想

满是老茧的双手,不断抚摸着铁锹
仿佛抚摸一段崎岖的岁月
仿佛那些斑驳的日子,是这把铁锹最执着的守候
带着它,就是带着右玉的精神
带着苦干拼搏的斗志,带着日日夜夜的苦乐
继续前行

车轮旋转，路继续向前延伸
一棵棵笔直的树，就像军礼列队
送别，竟是如此伤感
回首往事，再次流下泪水
他的心，就像右玉大地上蔓延的绿色
蓬勃，充满梦想和希望

沙棘茂盛的尖刺，有着最柔软的心意

1

接力棒继续传承，绿化大任
是每一个赴任右玉的书记横亘胸口的职责
历史使命不允许任何人懈怠
右玉不允许任何人懈怠
实施灌木战略，打造沙棘、柠条王国
这是酝酿了千百次的课题
生态效益、社会效益、经济效益
就像三个龙头，不能单一勇进

那就在右玉贫瘠荒凉的怀抱扎根吧
沙棘，用最繁华的意志
最坚毅的心，努力生长
每一颗弱小的果实，充满了甜蜜
也充满了辛酸

2

酸碱地怕什么，风沙怕什么
烈日和暴雨算什么
扎根，在土地的最深处
和自然抗争

在沙砾的缝隙里生长
在冻土的清冷里林立
在潮湿的滩涂衍生
在贫苦的岁月，点燃小小的红灯笼

"地球癌症"的克星从此成了右玉的标志
说到沙棘，就会说到右玉
说到右玉铺天盖地蔓延不息的沙棘林
说到沙棘汁，沙棘黄酮
说到一张张激动的脸，就像沙棘火红的期待

3

汇源沙棘汁诞生了
七天七夜的等待，一次激动人心的交流
让沙棘有了更为广阔的天地
那些红黄色的小果实
在流水线的陶冶下，成为果实的精华
成为右玉人改天换地的生活期望

新世纪典礼,跃进的蹄音

1

贫困不可耻,可耻的是面对贫困
弯腰折背的屈服
贫苦很可怕,破旧的土屋
潦倒的篱笆墙,寒风里裸露的窗棂
餐桌上面勉强填饱肚子的糠菜
高厚感觉到的艰难,也像贫困一样
滋生,蔓延
也像没有窗棂的住户
寒冷,而倍感荒凉

生存的法则告诉他,贫穷不是权利
也不是赖以懒惰的借口
而是坚韧的心面对贫瘠
辗转反侧思量后,在不眠之夜超越的勇气

2

"干"!大干,苦干,快干
脱皮掉肉地干
脚踏实地地干
拼死拼活地干
一个"干"字,饱含着冲天壮志

凌云侠骨
饱含着一个男子汉面对困境
挺立起来的尊严和信念

响起的掌声不代表荣誉
而是激情和奋斗的起点
移民并村,退耕还林,发展经济
效益五年翻一番
不是空中楼阁
三大战略鸣响了汽笛
进军的号角,在右玉的土地上迎风嘶鸣
"五专合一"的格局
规划了农民的身份,转型并致力创新

区域化种植,规模化经营
土豆葵花瓜菜齐头并进
那一片一片绿油油的田地
寄托着右玉人多少希望,多少梦想

3

破旧的窑洞低矮的草房
就像原始的写照
无须累赘记叙生活
曾经的贫穷就像鞭子,抽打着人们心底的呐喊

而今,一排排新村的砖瓦房
成群的鸡舍,漫山遍野蓬勃的庄稼
犹如世外桃源再现
让你禁不住深深呼吸,轻轻微笑

向东,曙光升起的地方

1

东方,是传奇里曙光晕开的方向
有艳丽的朝霞
有七色的梦,有翅膀
朝着河山辽阔地飞

这是一个人被赋予的想象
当一个名字,被冠以更多形式以外的意义
一个地方,就和一个人的呼吸
紧紧相关

21 世纪,序幕是崭新的
右玉的翻身仗,和右玉辽阔的胸怀一旦相逢
就是舞台上,此起彼伏的奋斗史

2

赵向东的名字,就是奋斗史册上
一个光辉的名字
朝着东方,徐徐展开蓝图的
先是一张亲切的面庞,然后
大踏步的钟声仿佛敲醒了睡狮

跃起,朝着预定的目标奔驰
是义不容辞的责任

"百里绿色通道"不是空谈
绿色的屏障里,翻滚的浪潮是你眼前跳跃的生命力
没有谁会在这样的行进间
恍惚,失意
只有奋进的马蹄,催开梦里阔别的海洋
忘记高度,也忘记时间
和土地面对面交谈,和绿色手把手对峙

右玉的风不会横扫艰辛的劳作
右玉的土深深埋下几代人的足迹
涓涓细流润泽的右玉
绿色通道里贯穿的绿风
就像一部刚刚打开的画卷
清新,质朴,充满磨砺过的沧桑

手掌可以流脓,手指可以起茧
铁锹可以秃头,鞋底可以磨穿
但右玉精神里的两个字一直熠熠生辉
"苦干"
用汗水,泪水,血水浇灌出来的两个字
完整地诠释了右玉

3

"通市路"仿佛康庄大道
右玉人要走出去,外面世界的精彩

要被右玉人吸纳，吞吐，化为财富
等不上，靠不住，要不来
但右玉有艰苦奋斗的精神

不毛之地能变绿洲，路就能修好
就能一直延伸，向着光的地方
努力延伸
七十多公里的路
有星星的光芒在其中

有夜半帐篷外呼啸的风声在其中
有晌午辘辘饥肠在其中
有烈日的扫射，口渴皲裂的嘴唇
在其中
有筹集起来的意志
有多年来支撑着的右玉精神

道路畅通了，宽阔而平坦的路面
展开了皱起的眉头
通市路成了旅游路
朝着美好的境界，一路顺风
惊叹，赞扬，或者感动
都不能言表曾经走过的坎坷和曲折
但光明和路一样让人振奋
就像心情和精神一样，令人澎湃

4

绿和穷，不是对立的层次

而是和谐的呼应
六十年的艰辛,有更为辉煌的映照
让右玉,成为明珠里的明珠
成为艰苦奋斗后
绽放的花蕾

花里,应该有笑容,有褪掉贫穷的泪水
有掌声和沧桑的历程
有苦乐年华里,幸福而甜蜜的拥抱

右玉要富饶,右玉人要穿新衣戴新帽
不但吃饱穿暖,更要尝遍天下美食
天天过大年一样,幸福洋溢
右玉要美,右玉人要像画卷里的天使
种树种花流连美景
穿越流水,细数风声和炊烟
把日子缠在常青藤上,吟诵诗歌

右玉要拓宽幸福的道路
道路两旁是生机勃勃的绿色通道
通道两端,一边是外面的世界
一边是右玉六十多年拼搏下来的塞外绿洲
是各大城市的后花园

5

滑雪场是右玉的风骨,银白的世界
仿佛给你镶上了翅膀,你可以飞
可以滑翔,像一只大鸟

俯瞰纯净世界

发电厂是右玉的胸膛
仿佛潮水经过千万条支流
汇合，分开，再汇合
光芒凝聚在心底的位置
温暖
是橘色的

小南山公园，山要高耸，水要宁静
林子要蓬勃，鸟儿要自由自在地飞
开创者要无私无畏，除了汗水
还要有一颗颗倔强的心
在小南山，深深种下右玉人的傲骨
种下大美于胸的信念
站在小南山清风浩荡的树林
眺望右玉风华正茂的场景
你不能不记忆一个名字，刘耀
那个一脸朴实无华的奋斗者，那个没有喧哗
没有用功德炫耀的微笑脸庞

杀虎口关口，历史把沧桑一览无余地
倾泻在破败之上
砖瓦散落，泥土和荒草混合
曾经的硝烟散尽，留下来的洪荒
需要我们整齐地安放

烧青砖，扩建砖窑
火焰高高耸立，信念也在耸立

一排排青砖,不仅仅修葺了关口
也把右玉人最坚强的意志
高高垒起

6

王建,就是杀虎口城墙上
猎猎迎风的旗帜,
向东的慧眼
给了这个黑脸庞汉子一条坎坷
却宽阔的奋蹄之路

地下是茵茵绿草,抬头是蓝天浩瀚
花间蝶儿翩跹,树木林立昂首
右玉的生态建设和人居环境
一步步康庄
一次次激奋人心

林在城中随处遨游
城在林中安静守望
街在绿中穿梭蜿蜒
人在景中流连忘返

右玉的美是绿色的
右玉的风是彩色的
右玉的精神是不败的
右玉的建设者们是执着无悔的

右玉变了,天空高远

万物生机盎然，到处绿意纵横
就像一块碧玉，温润而祥和

7

右玉要走出固定的思维
要让世界走进右玉，拥抱右玉
分享右玉这款碧玉，抚摸右玉这颗珍珠
中国·右玉生态健身旅游节
历经挫折，终于
热热闹闹红红火火地开张了

独轮车锦标赛
大学生三项越野赛
在右玉这块热土上，就像春天不断发芽的绿色
扩散，传播，走向广阔的视野

客商蜂拥而至，街道上人流拥挤
客栈饱满，排队等候右玉特产的客人
就像长龙，拉长了右玉人的经济链条
右玉在繁荣，在飞翔
在向着更为高远的天空
大楷书写

8

古堡之乡不再沉默
他的雄姿，已经高高挺立在猎猎朔风
她不再保守，她柔美的风情

会带给每一个经过她身边的人，橘色的温暖
红色的希望
右玉人为此骄傲
为此骄傲的右玉人
依然一路向前，向着更远的方向
翘首

彩云之南，美丽的传说一直延续

1

是的，那个美丽的地方
一定降临过天使
那些娇艳的花，挺拔的树
湿润的空气陶冶你悠闲的心情
漫步，抑或驻足在浓荫下
看燕子低飞，蝴蝶翩跹
看云卷云舒，蓝天碧海水天一色

是的，美丽的回忆
常常在余晓兰梦中浮现
而右玉给她带来的震撼
就像久旱的禾苗
又遇骄阳
土屋，泥炕，难以下咽的糠菜
冷风，枯木，风沙肆虐的气候
莫非，人间真的有如此荒芜的存在
让一颗心，从云端跌入谷底

但真情是无法抗拒的
曾经的海誓山盟
不会像风沙一般无情

日月之光
明晃晃地袒露了一个人的内心
留下，对自己负责
对爱负责
对人生的抉择和磨难负责

没有鲜花和掌声，没有酒宴
没有婚纱和唢呐
没有新婚具备的激情和红色的祝福
黑黑的脸庞憨憨地诠释着爱的力量
简陋的农家饭里
埋藏着多少无奈和辛酸
不再埋怨命运
命运是旋转在时间上的纽扣

你要解开期间缝合的密码
让对称的内心和土地融合
和爱融合

2

种菜，在一片坚硬的土地上
埋下种子
埋下对未来的期望和守候
让发芽的，扎根的，开花结果的消息
传遍右玉蛮荒的土地
当菜园里蓬勃的希望崛起
一个美丽的彩云之南的新娘
给右玉人带来了震撼

做生意，种蘑菇
回归故里，买荒坡，种小树

一步步充满孤独和艰辛
充满了和命运抗争的无声呐喊
余晓兰不是温室的花朵
当艰难，像夏日冰雹敲醒她恍惚的头脑
她强大的内心
就像浩瀚的星空
广阔而充满未知的力量

3

哪怕只身，何惧孑然
不断被坎坷摔打成瘦弱和病痛的组合体
即使坡陡倾斜
生活的容颜日渐憔悴
为爱架起的彩虹之桥，需要她精心彩绘

种果树，种下甜蜜的起因
等春风浩荡，右玉的风沙也被温情点燃
那些发了芽的果树
就是这个异地女子最甜蜜的等候
果树开花了，娇艳的花朵映着她的脸庞
映着一个美丽女子温热的感情
可是，果子不会因为一个人的想象
就会充满蜜汁

思考，辗转

智慧就像涅槃的凤凰
总会在最艰难的时候
奋翅疾飞
嫁接果树,就像把希望和蛮荒的土地
糅合在一起
就像彩云之南的智慧
和右玉朴实无华的内心糅合在一起

当红红的果实捧在你的掌心
甜蜜的果汁进入你的血液
你会不会对一个瘦小的女人
刮目
当牛羊满圈,猪儿撒着欢满院跑
宽敞明亮的房子坐落在右玉人的心上
流水开花了
右玉人的思维
被彻底打开了

4

四千多亩的将军沟
铭刻着多少人对她无限的崇敬和纪念
永远的丰碑将一直矗立在右玉的史册上
经年不衰
余晓兰在这里流过汗,流过泪
流过血,流过希望和失望交错的彷徨
最后留下了无法计数的树木

十年不吃白米饭,种树

一天只睡几个小时,种树
爬坡浇水水桶滚下山坡,种树
腰肾疼痛容颜枯瘦,种树
没有人理解独自哭泣,种树
种下希望和执着
种下信念和守望
种下无言的委屈,倔强的大爱
种下风吹树林的牧歌
绿叶飒飒的梦

一片树林,又一片树林蔓延
一个荒坡又一个荒坡抚摸
手脚起泡,腰椎劳损
眼睛干涩,头发脱落
面容枯黄憔悴,身形萎缩弯曲
但
余晓兰的内心更加执着
强大的感召力
让爱情升华,让一双手和另一双手
重新紧紧握在一起

5

路一直在延续
树一直要种下去
可是,身体和心灵上的打击
让这个倔强的女人动摇了
回去,回到美丽的故乡
释放积聚的所有病痛和伤怀

让美丽的家乡滋养屡屡受挫的心情
让自己安静地思索
生命的意义

离别是痛苦的
离别自己奋斗过的土地是痛苦的
离开所爱和曾经的执着
是痛苦的
失眠，辗转
失意，无奈
内心承受的煎熬
犹如漂泊的帆船忽然上岸
没有了依靠的水域

冰冷的心，需要火焰融化
余晓兰受伤的心，却被几行字彻底感动
赵向东县长的亲笔慰问
就像春风吹绿了荒坡
回归，回到树的内心
回到拼搏过的土地，找回奋斗的足迹
没有谁能阻挡
决心和思念，潮水般汹涌

多么熟悉的土地，多么熟悉的亲人
当熟悉的一切扑面而来
余晓兰任由泪水流淌
"我回来了！"
字句简单，心情纷杂
继续扛起锹头，日出而作

继续就着风雨,日落而息

6

荒坡一天天变绿了
大片茂盛的树林,在右玉荒芜的土地上
迎风而歌

"南崔家窑村晓兰生态园区"
牌子屹立在山门前
仿佛把一个人的历程写满
苦日子走远了
可是记忆里的苦日子
给了余晓兰丰富的历程
和不断进取的信心

彩云之南的新娘
用汗水泪水谱写的华章
被传颂,被瞻仰
被无数人当作榜样
口口相传

石砲沟每一棵树的记忆里
都有一个人的名字，刻在年轮里

1

王占峰和石砲沟
有着阻隔不断的关系
寂寥的星辰记着他的背影
野狼发光的眼睛里，有他的泪水
坚硬的石头和枯瘦的冷风，记着他的伤感
新婚的失意，记着他的决心

继续向前，忘记伤痕留下的疼
在暗夜，熄灭烟头
握紧锹头，握住岁月的记忆
把希望，铺满石砲沟
和一只狍子互相取暖
把寂寞互相交融
心底的孤独都交给沉默吧
最后，依然走不到尽头

2

十八年的窝棚，十八年的坚持
十八个春秋的冷暖自知

炒面伴着他，溪水听着他
大山的风声雨声，陶冶着他
不屈的灵魂在唱歌，一首无声的歌
在石砲沟，一唱就是三十八年

种树吧
种下生生不息的情怀
种上杏树，苹果，梨树
种上松树，柏树，云杉
种上信心和精神
石砲沟就是茂密的花果山
绿色的海洋
金色的年华种在了石砲沟
梦想也种在了石砲沟
爱和泪水种在了石砲沟

山绿了，风小了，沙尘没了
一沟一沟的树茂盛地长
年轮里，王占峰的名字
深深篆刻

威远堡，那块无字的石碑

1

伸出手，触摸不到石碑上的字体
一个名字篆刻在威远堡的灵魂上
三个字，千斤重
沉沉地压在记忆深处

一道道农田林网记着毛永宽
一片片防风林记着毛永宽
四通八达的向阳路记着毛永宽
大礼堂，卫生所，大口井
也记着毛永宽
记着一个不肯弯曲的身体
在烈日和风雨里执着的跋涉
记着每一片树叶里的汗水
树坑里埋下的希望

2

每一个早晨，都是他喊醒的
每一首晨曲仿佛是他用心演奏的
一辆破旧的自行车
载着他的四季和日月

载着伟大的梦想和恪守的精神

铁锹磨秃了
手心起泡了
自行车的车轮把威远堡反复丈量了
毛永宽的心
装着绿色的梦,画卷般铺展

北梁的荫城绿了
城南的南坪绿了
大衣梁、界滩、陈家坡大片大片的树林
染绿了台子壕,小梁子、沙家地和大滩
充满生命力的绿
蓬勃的就像当年的毛永宽
迎着风冒着雨
在沟沟坎坎里,扎根,繁盛

3

毛永宽病了
病魔束缚不了他的手脚
继续防霜,割麦,挖树坑
剧烈的疼痛不能让他屈服
田间有他的身影
地头有他的身影
大地上,毛永宽的身影不断地铺展
覆盖了整个威远堡

最后,他去了

到了另一个有山有坡的地方
扛着一把磨秃的铁锹
喊醒日月江河
在早晨薄薄的光线里
继续种树,挖坑,浇水……

威远堡哭了
树林哭了
早晨和夜晚哭了
右玉人泣不成声

三十六双手,抬起了他
再绕着威远堡转一圈吧
慢慢走,慢慢看
看看大礼堂,卫生所,农林网,向阳路
看那些茂盛的绿,染遍威远堡的每一寸土地

无须墓碑,也无须碑文
一个人坐落在时光的记忆里
默默数着春夏秋冬
数着曾经茂盛的年华
和被无数人纪念的,威远堡的
灵魂

用生命点燃杨千河希望的张一

暴雨淹了家可以不回
母亲病了可以暂且搁下
可是杨千河人们悲痛的呼喊
你要听见

搬迁户们记着你的背影
李进因记着你的恩情
杨茂业老汉被你治好的眼睛
想看到你温暖的笑容
土地等着你一锹一锹继续开垦
挺立的树苗需要你一担一担浇水
每一处村庄需要你一步一步丈量
杨千河乡的希望
等着你继续点燃

可是你安静地睡了
一脸泥土，满身疲惫
你的身躯和右玉的山山水水交融
你的灵魂铭刻在你到过的每一个地方
亲人的哭泣太伤痛
群山哀哀，树木沉默
乡亲们送别的眼泪如洪水汹涌
绕着村庄的脚步，沉重艰难

六十年绿化生涯的右玉
你是唯一献出生命的功勋
你没有走远
你和巍巍群山一起耸立
和滔滔日月一起辉映
和右玉的持续发展，一起辉煌

平凡的名字——小老树之魂

它们弯着身子
是想更近地贴紧大地
用胸膛面对胸膛
用佝偻的身躯抵御岁月的风沙

把根须连起来,就是铺天盖地的网
把日子串起来,就是一片一片的嫩芽
无须向上触及天空的高度
只要扎根大地的怀抱
迎着风雨
迎着沧桑岁月的沟壑
恣意地伸展,辽阔地绿

西捻头乡曹村——曹国权

绿色包围了曹村
南沟上上下下的土地,被绿色保卫
半山腰是树
窑洞前前后后是树
树前是树,树后是树
一坡坡树,一沟沟树,一排排树
像蔓延在右玉土地上的精灵
它们仿佛用绿色的油彩

尽情涂抹生活

曹国权老人的全部幸福
除了摆满炕的荣誉证
就是树
它们迎着朝阳吐纳
伴着落日悠然

黄沙逃了，沙尘落了
磨秃的铁锹翻遍了荒沟荒坡的每一寸土地
树木就像抗战的士兵
保卫着沟沟坎坎里，那些柔弱的庄稼

一天，一年
一月，几年
时间越来越深刻地记忆了土地上的跋涉
绿色越来越浓烈地描绘了未来的油彩
腰更驼了，背更弯了
但
生命随着时间愈来愈醇香
树木随着时间越来越茂密

树的生命就是曹国权的生命
树的精神就是他的精神
曹村成了名副其实的绿色世界
那些沟沟坎坎里的绿荫
记着一位年过九旬的老人

北辛窑村——伊小秃

饿了也要植树，勒紧裤带植树
把小老树的枝条深埋
把一节节的希望和执着种下
辛劳是雨露
汗水是甘泉

河湾绿了，三个春秋，三年抗战
河水改道了
流水润泽了土地
也浇灌了北辛窑村多少年来干枯的生活

乱石滩变成了良田
这块带血的土地，有了生命的滋润
河湾里蓬勃的树，就是生命的延续
一年年丰收的庄稼
陈述着伊小秃的抉择

元宝坑，鱼鳞坑，梯田坑
每一个坑都有一个梦在酝酿
等一场春天的风
催醒

前阳坡沟，大榆庙沟，大四墩沟
沟沟绿意盈盈
小四墩沟，柳道堡，洪沙沟，城路沟
沟沟生机勃勃

四千亩绿色的海洋
洋溢着松树，油松的风华
飘荡着落叶松，樟子松美妙的香味

北辛窑村的冬天也绿了
仿佛一夜之间，神话降临
可是一双手弯曲了
伸不直的，还有岁月留下的沧桑

满脸的沟壑
除了对往事无尽的回忆
没有任何奢求
房屋低矮，乱草燃起的火
温热了岁月的寒霜
人来人往有的只是对往事的描摹
老寒腿弯了又弯
去痛片是唯一的安慰

九十八年的岁月
染绿了一坡坡树
那浑浊的目光，透过玻璃窗
看林涛此起彼伏
在风中，摇曳不止

水磨沟——韩祥

二十三个春秋算不算长
二十三载岁月算不算短
两位老人算不算孤独

一条狗算不算生机
吹破琉璃瓦的春风算不算坚硬
结着冰的溪水算不算柔软

水磨裸露在水上
不是当年的模样
水磨沟在二十三个春秋的磨砺下
丢了最初的荒凉

天可以昏暗
沙尘可以肆虐
最深的记忆里，苦菜就是苦涩的怀念
一根根寻找
一棵棵吞咽
一次次走出饥饿的阴影

天黑了，天亮了
水磨沟的春天来了去了
树苗一棵棵枯了绿了
整个水磨沟的岁月，只听见榔头的叩问

沙尘一夜之间就像被褥
覆盖着水磨沟寒冷的月夜
树有阴阳，人有冷暖
根须要舒展，日子要延续

那就把树坑，挖得像韩祥的胸怀一样宽阔
那就把树苗，浇灌的像韩祥的内心一样滋润
那就从荆棘中走出一片水域

爬坡，弓背，带着希望，摩挲

杨树，松树，云杉，桧柏沟沟茂盛
枫树、紫穗槐、榆叶梅、侧柏坎坎苍翠
水磨沟的春天
远远超出了人们的想象

动物们在这里安家
飞鸟们在这里唱歌
绿色在这里流淌
心，在这里扎根
二十三年的记忆啊
把岁月涂抹得斑驳，苍翠

马头山——李云生

一个人驻足的山坡，充满荒凉的味道
儿时的记忆像一幅画
只能在梦里重现
窑洞黑乎乎的窗口
就像孤独了一百年的老人
看着马头山荒芜的山坡
怎样重温昨日
重现温暖
怎样回到最初的美丽
把绿荫铺满岁月的沟壑

留下来，抹去他人离去的痕迹
把心灵铺成马头山眺望的目光

漫漫长夜，老白干是最好的伙伴
乡村安静，黑暗无边
只听见呼啸的风穿越山沟的口哨
声声寂寞，曲曲孤独

白天，一个个树坑就像一张张会说话的口
讲着生命的崎岖
一颗颗幼苗就像新生的婴儿
描绘着宏伟的蓝图
种下杨树，油松，樟子松
种下落叶松，高杆杨，北京杨
种下杏树
把漫山遍野的杏花开，当作最美的风景

十年树木
李云生把二十年美好的时光
融进了马头山的山坡，沟壑
容颜可以沧桑
可他内心奔驰的骏马，一直扬鞭奋蹄
继续在右玉广阔的天地间
驰骋

那些小老杨般佝偻的身体
弯曲的手指
小老杨般坚强而平凡的内心
他们庞大的根系
继续扩展，延伸，继续沿着时光的轨迹
默默倾诉，承受，奋起拼搏

这就是右玉,平凡土地上
不平凡的人
平凡的人身上
不平凡的精神

右玉,世界的一面旗帜

1

六十年
说长,长不过一个人的天命
说短,仿佛黄沙刚刚掠过山梁
六十年,就像一甩手
一幅绿色的画卷被涂染
徐徐展开的蓝图
梦一般鲜艳

2

崛起,富强,走向世界
一步步康庄
一次次铿锵有力地召唤
右玉,是一面猎猎迎风的旗帜
继续向前,继续朝着更广阔的方向
探寻追求

发展经济提收入
社会事业稳发展
矿产资源多利用
三个发展大步前

3

威远工业园建成了
十多万亩杂粮种植基地建成了
煤电、煤化工项目大力开发了
煤矸石发电厂建成了

蓝天更蓝了，白云更白了
大型旅游文化节就是活生生的广告
全国独轮车锦标赛
汽车短道拉力赛，摩托车越野赛
热热闹闹顺利举行了

塞外小县走出了山沟
走向了世界
每一道山梁都绿了
人心昂扬

每一次建设都贴近自然
立体绿化像一道屏风
阻断了过去的苦难
和艰辛

4

西口右玉记录了历史
人文右玉是一种精神
塞上绿洲就像一匹腾飞的骏马
向着更高更远的方向
奋蹄，驰骋

第三章

民间烟火袅袅起,心就在这里,安稳落座

我们是纵情山水的游客,风起而心动

1

想象驰骋,四面环山的丛林深处
莫非真的住着神仙
莫非古时的恒阳,如今的右玉
是王母遗落在人间的一块碧玉

那就顺着大南山的孤峰,北下阴山
那就跨越曹洪山、雷公山、牛心山……
一寸寸抚摸纵横的沟壑
一次次用心灵
浇灌这片曾经斑驳的土地

远眺不可以放牧精神
驻足才能镇守辽阔
满目碧绿覆盖下的砂石
是大南山最忠实的见证
见证石头缝隙里
风起而鼓瑟的音律,铿锵坚定

2

石头可以充血,像一个人屹立的骨骼

挺立在曹洪山的心头
她宽阔的草甸就是你驰骋的疆场
可以打马，也可以轻轻坐下来
看满山红石娓娓诉说，那不可逆转的历史
一路向南，一路心歌
小泉一泓叮咚，不知从什么时候弹响

小南山一直沉默，冬雪丰盈
夏雨激越，每一座树林掩映的亭台楼阁
仿佛都有一个故事，等着你去参阅
等着你揭开轻纱下的谜团，和自己促膝而谈

上雷公山吧，为右玉被战争征伐后的干旱
磕头，点燃香火
用心和心交谈，或者盘膝而坐
在雷公庙前的青石阶上
在右卫镇向西眺望的苍茫峰峦间

3

心诚则灵，牛心山一定是神灵寄居的地方
否则黑石二峡那常年不眠的眼睛
不会冬不积雪，夏不长草
否则这满山斑驳的秋色，不会如此灿烂丰盈

或者，山下清泉是这眼睛里流出的泪水
每一次回环，都是一段刻骨铭心的记忆
抬头望烟霞环绕，云岚拱翠
低头念沧海桑田，空有情怀

桦林山一定不负盛名，来吧
在密布的桦树干上，找到千年的目光
夏天山花遍野
秋天层林尽染，冬季玉树临风
油画家和摄影者的天堂就在这里
桦林山一年又一年忘却了铁蹄声声
蜿蜒的长城隐藏在蜿蜒的山脉里

落寞是中陵川水留下的黑痣
高原湿地水草上，有孤鹰落下的飞翔
黄羊和狐狸徘徊的身影，印在大地之上
户外露营者用相机定格的空旷
让你的想象尽情驰骋

4

苍头河啊，母亲河
每一条流域，每一滴水珠
都蕴藏着远古朴素的容颜
骑兵掠过马营河的胸膛，千户官择岸而居
而你一直静静地流淌，如一位雍容的妇人
潜心包容，源远流长

诸水汇集，李洪河是众兄之长
五条支流，五次热烈的拥抱
难道是五指相连的亲情
造就她清澈见底的个性
让人不禁唏嘘，不禁深深怀念亲人和故乡

石匣河是季节的宠儿，水流恣意
由不得你左右，自然是最伟大的掌控者
在石匣河两岸，你所看到的石头
像一副有力的臂膀，紧紧搂住温柔的流水
你想坐下来，体会这区别于人世的真情

东碾头水库里鱼群雀跃，仿佛是母亲怀里的娇儿
你要来，一定要带着最真切的爱情
用最密的网
撒开，收拢，最后和它一起融入生命的味觉

5

海河出，桑干河入
源子河跨越了几个区县，终于找到了它的归宿
它时断时续的生命历程
让你不由感慨生命如河，所有的蜿蜒
都是旅途中不可或缺的深浅足迹

山山水水，草木纵横
每一座山的命名，都跋涉着巍峨的思想
每一次水的流淌，都弹奏着铿锵的曲调
情在山水，山水就灵秀了
山水在情理中，所有的苦难就会灰飞烟灭

我们是这块土地上最真实的存在，
随着季节循环往复

1

"神农氏作，斫木为耜，揉木为耒"
莽莽荒原，天地混沌
先民们用智慧掘开了农耕文明的汩汩泉流
荒凉大地从此缓缓拉开了序幕
春种秋收，季节循环往复

而人类是这块土地上最真实的存在
他们日出而作日入而息，朴实的胸膛
挂满辛勤的汗水
他们厚重无华的期盼，就像一茬又一茬农田
随着季节和风雨，落地生根

木梨一道道翻开泥土，深入大地的脉搏
耧车吱吱呀呀哼着古老的曲调
三脚耧以它独有的形式，深入泥土
平整，翻盖
希望就在旷远悠扬的节奏里，发芽
开花，抽穗，日日笙歌

2

大地沉静下来,但春天是轰轰烈烈的季节
所有的萌动都有预谋,而结尾一定是喜剧
你不需要倾听
但你能感受到土地深处的微响
轻如呢喃,你可以想象窝巢里的雏燕
昂头待哺的憨态,或者
是一首清晨阳光透过树梢洒下来的圆舞曲
你闭着眼,用心灵细细滋养

莜麦是右玉的当家作物
立夏时分,她就把自己交给土地
高寒山区的风没有令她屈服
风猛烈一次,劲头就高涨一回
这品质是这块土地上所有生物具有的烈性
她们紧紧挨着彼此,即使一生都跨越不了
一道细细的田埂
即使缘分就在一寸土地之间生根
但灵魂间的滋养
是她们最厚重的馈赠

3

多几个名称也无妨
马铃薯,山药,土豆
只要浑圆的思想一直饱满
还怕什么土地贫瘠,
滋养生命的

不仅仅是阳光水分
还有右玉大地上沁骨的春寒

她只知道，淀粉是自己的精华
奉献就是把自己磨碎，过滤、糅合，压制
成为细润绵延的存在

4

"谷雨前后，安瓜点豆"
这湿润的情怀，是一年最能感染人的季节
豌豆开花了，犹如蝴蝶的翅膀展开
你一定会想起那个美丽的传说

双双化蝶的真情，和豌豆紫色的凝视
会融化一颗年轻的心
把内心包扎起来，等着某一个特定的时刻
打开，整齐地排列在你面前的
是圆形的情愫

5

泡一杯苦荞茶，降压降糖
看黄色的颗粒在杯水间上下翻腾
这应该不是挣扎，而是灵魂的升华
一切存在的意义，就在于存在的价值
苦荞不苦，他是复出的使者
当夏天濒临循环，一切举棋未定的时候
三角形的硬壳，是荞麦给予世界别具一格的风采

6

热腾腾的油糕端上来
深情热情的饭桌上,它是右玉至高无上的礼节
民间传统的待客方式,却是黍子最高的荣誉

金黄的米粒在推碾上磨砺
然后高温蒸煮,最后油锅煎熬
一切艰辛的历程都有圆满的终点

被推崇,被热爱
被许许多多边塞人民留恋的内容
就是黍子无上的荣光

7

十里闻香,胡麻出油了
"润燥、解毒、止痛、消肿之功"
或许这功效太多人不知
当清香穿越你的肺腑
所有的感叹随之而来
你会惊奇这小小的籽粒
蕴含着多么饱满的深情

这是古人所言的"仙家食品"
令人垂涎,使人流连
根补元气,茎治头痛,叶祛风邪……
全身是宝的胡麻
就像右玉人民的福星

8

经济收入不断高涨,人们情绪持续激昂
大面积种植富民,纯天然食品让人心也安康
右玉的土地不丰润,右玉的农耕却文明
从旧石器时代,从春天
从一代代人春华秋实坚定的爬犁下
从一行行田野里深深的牛蹄中
我们听到生活的号角,从远古到如今
嘹亮而悠长

寺庙赛社上,祈福许愿烧香,
集会喧闹,心安静

1

寺庙庄严,菩萨眯眼俯视众生
芸芸间,买卖纵横,苦乐参半
每一副身形都有一段崎岖的记忆
每一个记忆都有美好的祈愿

烧香,合掌,四面无风
香烟缭绕直插云霄,菩萨观音在青天之上
阅尽人间沧桑
庙会喧闹,人心要安静
不看惩恶扬善的神话,不听鼓乐催眠的韵律
只专注于一只净瓶,净瓶里是土地庙的圣水
风要调和,雨要徜徉

高台之上,和尚们念念有词
城隍对坐高台,席棚间鸦雀无声
右卫城里的"水陆会"
在傍晚金色夕阳下,干净收场

"堂馍馍"(面制小圆馒头)上的五色小旗
在傍晚鼓荡的清风里,抚摸孤魂游离的面容

泼洒者一脸慈祥
右卫镇的孩童以此保得岁岁平安
右卫城的清真寺因此香火不断

2

春回大地，娘娘庙七日为期
商贸交易频繁，叫卖声此起彼伏
讨价，还价，商品是另一种心情
琳琅，炫目，就像生活的调味品
让人忽然有了一种冲动
对生活，有了更火热的情怀

善男信女们手捧纸盆花，怀抱纸娃娃
祈求儿孙承欢膝下，满堂满院生龙活虎
孩童脖子上挂戴三角枷，入庙跪拜
心若虔诚，多福多寿就不是梦

也可以用红丝线
拴住小泥人，拴住人和人的缘分
拴住人间真情

3

杀虎口的"黄篆会"在清代鼎盛
可谓日日有戏，月月有会
十八家会首轮番执事
事事公正，处处入心

三月初八的文昌会,到十月十三东岳庙会
岳楼笙歌艳舞,班社往来频繁
各种唱腔混合在一起,让人分不清方向
更分不清这里是人间,还是人间以外的地方

玉皇阁下的真武庙,秘文被道家把持
天时人事任由主宰
一切隐秘
都在袅袅香烟中升腾,幻化,布施人间

4

皇家以"黄"为主,尊严和权利突兀显赫
黄旗、黄帏、黄幔、黄旌、黄伞
黄铜打制的九瓣莲花灯熠熠生辉,昼夜光明
六尺之外,灯花的余热都能把你融化

上香的黄铜鼎,三足鼎立
香烟环绕,久久不散
让人不禁心生敬畏

俯首、帖耳、侧身、垂目
心灵被渲染,身形被点化,佛法无边
一切空无却也不是空无,一切存在
或者也并不是真正的存在

5

末尾,对子马、挠阁、僧人、道士

八八对应，簇拥到浑元峰
打黄伞，吹佛号，拜泉取水
铜盆供在大殿之上，一日三折戏
戏戏带"黄"字

吃黄糕，饮黄酒，染黄瓜……
极尽奢靡，却不知浮华过去终成梦
梦醒事事空

梦若不醒，雷公山慈云寺的钟声还会敲响
祈雨的经文还会被念上千百遍
木鱼声声，仿佛大南山显明寺的风铃正在和其对唱
一声高，一声低
声声清脆，如珍珠玉盘
沁人心脾

6

从庙会到集会
不仅仅是历史境地的变迁，更为灵气的是
它能直接洞察一个人的心扉
心若虔诚，处处神灵
举头三尺，我们在乎的不是形式
而是心里那盏一直亮着的明灯

民间社火起，美好的生活
就是一部正在上演的喜剧

1

祭祀活动不遥远，远古和如今
那些神秘的暗示和祝福，一直高悬在幻想之上
以最神圣的仪式
向我们昭示人间安良

脸谱上的色彩鲜明，人间善恶鲜明
粗犷豪放的歌舞，意趣盎然的杂耍
旱板车和秧歌队穿行在天地之间
舞台宽阔，人心宽阔

每一个动作都饱含着深深的感情
生活为人们创造了美好的情怀
美好的情怀在大地之上繁衍千年
形式各异的寄托里
有右玉人民朴实无华的汗水，和泪水

2

车车灯上的花蕊鲜艳夺目
玲珑的花灯并排在车架上

新娘含羞的面庞,如花朵在人流里开放
嬉笑和憧憬搅拌成轩昂的鼓点
脚步前进后移,身形左右摇摆
人生如此入戏,戏里戏外
都是浓浓的生活气息

看风景的人一定要心怀喜悦
把新人新气象,植根心田
车车灯不仅演绎着无数爱情故事
更让人唏嘘真爱难得

戏台舞步悠扬,八字回环
或者圆形起承,舞姿要简单从容
心思要诚实稳重,人情要浓烈如酒
车车灯里里外外要灯火通明

生活如灯,如舞步
如一场场重复的拉车情景
这是被复制的生活,被纪念的春梦

3

右卫镇的旱船划到了杀虎口
布帛裱糊的船身在浪涛里翻滚
水流湍急,河道弯曲处艄公号子铿锵悦耳
前进是智慧,后退也是智慧

驾船者动作夸张
山河倒退,历史也在倒退

无论行船搁浅，还是触礁遇险
英雄本色在老艄公甩鬓口、走搓步时
进入高潮

鱼鳖虾蟹目瞪口呆
《将军令》锣鼓震耳欲聋
船灯上演了又一次战争，人与自然
那些若有若无的声响，被模拟得形态逼真

4

旱板车的滑稽，是另一种滋味的再现
驾车人一脸憨厚，行车时道路曲折
上坡、下坡、泥泞
笨拙的动作除了让人捧腹
更多了生活的沉重，和美好的祈愿

其实，每一个民间演绎的背后
都有着沉默如金的暗示
说和不说，生活都在继续
原来
苦乐参半的日子，都有着不可言说的领悟

5

龙灯寓意深刻，平年和闰年的区别
只是数字的记录
锣鼓响起来，心思要默契
舞步要执着，龙王腾云或驾雾

凛凛的风采寓意国泰民安

它须髯飘动，脚步生风
观众或惊讶，或呼喊
那穿梭在人群里的神灵，是人间的庇佑

一个彩球，一种诱惑
狮子腾空而跃，大地垂落
舞狮者满脸刚毅，势在必夺
狮子金黄的毛发随风飘飘，它怒目圆睁
夺球，打滚，翻跟头，抖毛

武术杂技糅合，民间狮子舞和吉祥相伴
这是右玉人民精神文化最热烈的展示
是这片土地最珍贵的记忆

6

竹篾扎架，黑布蒙制
小毛驴鲜活起来，农家小夫妻也鲜活起来
怀抱婴儿的少妇满脸脂粉
赶驴的青年意气风发

鞭杆一声脆响，小两口的日子走动起来
回娘家，赶集
小跑步，大喘气
扭一扭，闪了腰，跳一跳，生活妙
小毛驴倔强而顽皮
小两口温馨而快乐

牛马羊一起上阵，鸡兔狗全体出列
六畜兴旺，纸扎裱糊的动物活灵活现

婆婆和儿童推拉打闹
老汉和妇女吆喝赶场

生活就像一场锣鼓喧天的庙会
不断上演着人间的喜怒哀乐

7

"地滚子"已经演变成扭秧歌
变换之间，步伐悠扬绵延
民间舞蹈有民间的风俗，人物有人物的特点
脸谱随心所欲，舞姿变化多端

化妆术可以诡异，照见人的内心
也可以质朴无华，像一首直白的诗歌
酣畅淋漓

"双出水""走八字""卷白菜"
队形就像多彩的生活，你走来他走来
来来往往穿梭其间的，不仅仅是岁月
更多了平和，多了无限的向往

8

"红钱舞""扇子舞""花篮舞"
舞尽繁华，舞尽沧桑

岁月沉淀下来，人心沉淀下来

秧歌尽情演绎着生活，生活尽情诠释着秧歌
打起鼓，敲响锣
踢鼓秧歌严谨的风格让你耳目一新
拉花的极尽翻转腾挪，柔媚而风韵
踢鼓的阳刚威武，"拔泥步"充满艰辛
飞脚扬过头顶，风尘四溢
"丑婆""公子"等各怀心思，左右顾盼

龙蛇出水，浩瀚之气激越人心
猛狮抖身，雄伟而壮阔
走场、蹉转、耍扇、闪巾……
八卦阵前预测来生，蝴蝶阵里迷香叠叠

这急缓有序的韵律，这气势恢宏的表演
这用形式纪念的岁月
这民间自发的艺术、素养
浓缩了流年，浓缩了古老土地上
人民世世代代生存繁衍的时光

9

把身影垫高，是为了能够看见天空
高跷并排走，"双出水"是一段台词
动作被夸张，重复

热烈的气氛在行云流水里放叉、下腰
丑角满脸诚恳，相公儒雅

巧妇一脸绯红,看客们在惊心动魄的扭转里
完成舒缓有序的心情

"脑阁"和"抬阁",需要想象进行描摹
一人肩背铁架,两人抬木杠
儿童叠加在绑定的戏剧里
你可以幻想某一部历史,或者流传已久的故事
随着鼓点和人物,喜怒哀乐

"握阁"里一隐一现的身姿
"二鬼"打架里青面獠牙的判官
"老夫背妻"风趣逗人的温馨
饱含着人民心里无尽的祈愿

生活就像这起承转合的表演
一个上场,一个下场
场场鼓点均匀,人心浩荡

10

社火起,刀剑流光闪了谁的年华
刀枪剑戟在元宵节的腰鼓声里
光影潇洒,它撼动了日月
历经沧桑的套路,在右玉古老而文明的土地上
一招起,一招落
招招入心,入骨

"十里乡俗不一般"
你若来，我们盘坐老屋话说流年

1

岁岁年年人不同，年年岁岁花相似
流年易逝
但世世代代生活在塞北大地上的人民
以他们火热的激情
岁时节庆，风俗鲜明
一年又一年，繁衍至今

腊月下旬，序幕就已经拉开
生活的快节奏，容不得你踌躇
一切都要有个新的开端
除尘，清洁
陈年旧事被一点点剔除，留下的除了记忆
还有一年一度满怀的希望

街头上人头攒动
买卖兴隆的商家憋足了劲，高声叫卖
年货充盈，家家户户紧张喜悦
红灯笼要大的，鞭炮要几百响的
新衣新帽要高档上层次的
年画果品要体现幸福美满的

妇女们团团围坐在炕头
一边话家常，一边制作年糕
面团被捏成各种奇妙的造型
花样繁多，可口诱人
花窗玲珑精巧，拿剪刀的手
仿佛用魔术，把人间凝聚在这红色里
喜气一泻千里，多少甜蜜
从老人脸上的褶皱里满满地溢出来

小孩子可是最热闹的
互相看新衣服，换小吃
推推拉拉三五成群
他们是最天真最烂漫的幻想
他们在大人眼里，就是没长翅膀的天使

2

二十三晚上，灶王爷被封了口
麻糖不仅仅甜蜜，更多了黏合
"上天言好事"祈愿平安幸福的心
等待"回宫降吉祥"
"送王"者一脸虔诚，炮声隆隆响
愿望在年节前油然升腾

"有钱没钱，剃头过年"
理发洗浴是必不可少的
一年沉积下来的尘世暗疾
被清清楚楚地喝退
生活将是又一个崭新的开始

门神威武，家园被守护
对联鲜红，祝福最真诚

3

二十八是忙碌而快乐的
旺火在高台上沉默不语
幸福和等待凝聚在空气里
仿佛吹弹即开
仿佛一个新生儿即将降临

除夕日，夕阳西下
金黄的太阳落下最后留恋的目光
大地沉浸在一片安详之中
贡品整齐地落座在香案上
香烛点燃，袅袅青烟悠扬升腾
全家人围坐在圆桌周围
谈天说地，享受天伦

年夜饭丰盛啊，一年有一年的不同
风俗随着时间挪移
曾经的大酒大肉，被文雅的清新小酌取代
餐桌上多了艺术表演
多了亲情交流，多了养生和关爱

夜，要醒着
灯，要一直亮着
旺火，不能熄灭
就像希望，就像蔓延不断的爱

4

"熬夜"和"跑大年"是必须进行的内容
寓意可以深刻,也可以什么都不想
只要东南西北,亲朋好友聚拢而来
笑脸和笑脸相对,问候和问候碰杯
升腾的焰火和孩子们彻夜嬉戏的笑脸辉映着
灶膛里旺气红火

供奉、祈念、焚香、跪拜
"接神"接来的是满满的幸福
稳稳的平安

5

初一可以戒斋,不必出门
蜗居的心多么平静,心愿也多么安静

捞元宝、压岁钱、迎喜神、拜大年
日子就像不断在手心穿梭的念珠
只要诚恳地用心灵放歌
每一次转动,每一个平凡的时刻
都是一幅温暖的画卷
里面的期待和祝福,一直延续
一直流传

年夜尽欢,打开所有灯盏
把日子铺成光,穿梭其间
如鱼,如鸟,如穿过年轮的细线

当眼睛不能等待黎明，破晓的钟声
惊不醒梦里的水域
张开四肢，匍匐在时间的楼台之上
沉默无语

6

初二，村庄潮湿而坚硬
地下是白雪转换的黑冰，车轮细腻
爬行的铁质躯体，把树木和寒风
割据于外

没有倒影，很多事物细数流年
人们小心翼翼地移动视线，脚步细密

原来，村庄的洁白不仅仅是神话
一两只鸟巢，显赫地鼎立在村庄和旷野之上
裸露筋骨

7

初三上午，干净的人们倾巢出动
一年一度最整齐划一的行动
驾车打马，奔往某一神圣的方向
每个人的内心，都希望
惊动，并接驾天庭的喜神

初三，北方夜空干净
窗户开个缝隙，可以漏进一些秘密

关于寒冷，犹如点点星星
渗进肌肤才能体会温暖，一整天的欢乐停下来
等待高潮

把地板反复擦拭，让寄居地泛出光泽
这个安闲的时候，需要安宁的心
交出故园，风声，常青藤
坐在荧光屏前，面带微笑

8

初四，供奉开始
诸神醒来，我也醒来
供品在脚步声之外，缓缓而神秘
不要多说话，有谁在听
用一颗穿越时光的心
周遭都是静谧安详的光晕
盘坐其间，对视并敞开广阔的灵魂
谁都不能说出秘密所在
轻轻地呼吸着，用尘埃里善良的气息
互相祝福

9

破五，迎接财神
倾倒积攒了五天的垃圾
彻底敞开窗户，敞开心

零时零分，静物依然被虚拟

尘世里的欲望，从村庄到田野到楼宇之间
燃起缕缕青烟

在这样的氛围里，搁置幸福
第一次要笑得真诚
无须窃窃私语
"原来，都是必然"
"都是神灵赐予的因果"

10

初六
迎来的，送走的
总有别样的眼神、心神

依然蜗居
辞退约会和酒席，不开门
也没有和遥远的故事，印证什么

这是个平凡的日子
要过着平凡的生活，喝茶、写诗歌
偶尔回忆起什么，淡淡一笑

11

初七，人日
这一天，祖先被女娲制造
还是这一天，我们又被谁制造
成为尘世里，星星点点的存在

人日，远离人群
远离尘埃里，温暖的宣泄
想着制造前制造后
那些遥远切近的故事
人类需要寄托神思

以此安慰，以此惭愧
生而为人，却想念原始的章节
一草一世界，一土一如来

12

初八，谷日
铺开田野和柔风，这一天
心思清净，开阔的天眼
俯视良辰

几千里广阔的春天
被预支，谷日里
念及的人事、物事，层层拔节
犹如尘土里的希望
没晕染，却是满眼满眼的绿
从田野窜出来。迎风虚拟的果实
被摆上供台，虔诚的人
合掌祈祷

13

初九，天日

戒掉贪念，欲念，戒掉吐纳和语言
燃起香炉，盘坐在时间之上
等待救赎

尘埃里的良辰被打开，流水和莲花排排开
天日，谁会重生，于万物罪孽的缝隙
裸露原始

天目也迷茫，燃起命运的绳索
和自己成为烟雾，成为酒杯里
颤动的倒影

14

初十，石头
住在石头的心脏，触摸石头
这一天，时间被包围在层楼之上
拒绝探出头，和青天对接
仔细找出些声音，暗示自己

三生石没有诺言，前人虚拟的故事
在时代轮回的脚步声里，不置可否
只把流水和石头，放在同一个高度
种下草的卑微，和坚韧

15

十一，子婿
不要用未来，描摹未来

还是点燃香烛，期待下一个结局
摒弃原有的暗痕

在佛龛前，许下秋天
许下半生跋涉后，于子女的幸福
和满墙挂满的红牌子，久久对视
久久合掌祈愿

16

十二，搭灯棚
搭上明晃晃的光，搭上希望
闪烁的心思，期待在那些合适的黑暗前
鲜明落座

趁着一个节日，说出些绚丽的语言
迷惑
出生日预制的格子、铁钉、瓷器
只等那一天，被束缚在木质的幻想里
仔细清扫，那些光之外的生命

17

十三，海灯
流水被打开，光也被打开
救赎从内心开始，迷失的水路、旱路
交叉出逃

生活里，我们都是鱼

在水的呼喊声里，辨认容颜

内质仿佛一座透明的空城，折射原型
并给予暗示
偶尔变形，认不出自己
但每一次这样的时刻，想起斑驳的生命
就会修葺些词语，沉默忏悔

18

十四，浮光
一切按照规律，光鲜上场
浮光普照，大群的人从光里走出来
仰望。繁华铺天盖地

街道和屋宇，红绿交加
好多人顺着轨道游走
真实没有被隔离
制造出来的火树银花
闪着眼，瞬间熄灭，瞬间图腾

19

十五，上元，混玩意儿
烽火燃起，尘世安良
烟台和楼台近在咫尺，天门前，篝火正旺

灵魂整齐地排列在位
互相叩拜首次的圆满

百姓也点起灯盏,点燃内心洁白的欲望
杂沓的脚步挨着脚步,挨着歌舞升平

20

十六,自我被复制
水泥钢筋屋子,大红灯笼
缩小的世界,缩小的城池

星光黯淡了,人间和人间挽起的手臂
淹没了澄明的天

一年又一年,相同的情节,相同的灯火
不同的是,心融在时间的篝火上
左右突围

21

整理好心情,一路向前
打扫灰尘,扫除积聚下来的颓废

"八仙日"福泽生灵
"十枝日"习俗缘由不明

可是莜面圪卷涵盖了生活的甜蜜和苦涩
卷起来的是记忆里的苦
搓开的是生活里明明暗暗的甜

把大红灯笼高高悬挂在夜空

月亮仿佛也被染色
车灯、龙灯、船灯
灯灯色彩斑斓
扭秧歌、舞狮子、放焰火日夜相连
漫天都是幸福的味道

大人小孩喜气洋洋地说，开开心心地笑
生活因为节日丰富多彩
节日因为生活温馨浪漫

22

十六日游百病
小添仓日盼丰收
二十三，姑子和尚不出庵
习俗仿佛是印在额头上的胎记
忘记，就是罪过

二月二，龙抬头
但北国的春天还没有抬头
一卷卷黄土
从地下蹿起来
漫过威风锣鼓紧密而热烈的敲打

心被震撼得激昂起来
挤进人群的缝隙
从红色黄色舞动的色彩间
获取一种感动

仿佛遥远的呼唤
从远古弥散开来
一步步挪进了二月,故事和雨有关
和丰收有关
那些跃动的身躯,仿佛点燃的神香
一次次穿过天宇,被亲手记录
戏子们咿咿呀呀,步调从容
兰花指凌空指向天宇

顺着一个方向,仔细找寻
找寻座无虚席的记忆
找寻半块又半块砖头搭起的城池
村民们褶皱的脸,如此虔诚
仿佛一张网裸露的沧桑

三百六十五盏灯,被悬挂
它们骄傲地围着一竖旗杆
随着踢鼓秧歌一队队列开阵势
列开迂回曲折的路途

我们走进迷宫
恍若走进一生膜拜的虚无
我们抱紧红绸子的旗杆,用脸,抚摸一年的好运气
心里念念有词

愿望是真实的
鞭炮声混着北方黄土屑的气味是真实的
戏子们腾挪的欢悦是真实的
乡亲们冻红的手脸和憨笑是真实的

希冀鼎礼，在夜色流动的华彩里
闪烁如金

23

当春天又一次光临塞北大地
右玉的节日就顺着时光的指缝
穿梭在岁月的风尘里
传说美得像一场座无虚席的话剧
台词是日子，是年轮
篆刻在每一颗丰富的心灵之上

第四章

行走右玉，看山，听水风声浩瀚，足音悠远

三十二长城和油画家

我们讨论的三十二长城
不在乎烽火台具体的数字

我们是想虚拟粗犷的线条
在油布上浓墨重彩

或者,把围巾和草帽下那些久违的感动
用细腻的手法
轻轻铺陈

门楣朴素,零落的砖瓦和落叶
不紧不慢地细数流年

遥远处一捆捆莜麦垛
在右玉清冷的秋季,抱团取暖

大雁南飞,相机捕捉不到自由的飞翔
就像诗歌,就像油画

写生者

秋风萧瑟,三十二长城弯曲的背影里
一定有他们用刀法抹平的沧桑

否则纵横斑驳的沟壑
绝不会有清晰的小溪,浑圆的卵石
更不会有安详的牛羊,彳亍在天的边缘

我是放牧心灵的独行僧吗,在长城右边
被写生者草帽下焐热的安宁感动

我需要更持久的执着
定义镶在秋风里的山谷和人影
究竟是谁把谁溶解,谁把谁感染
涂抹那些隐约而来的时光
旖旎而去的岁月

秋天和王四窑

王四窑是被秋风染黄的
路也是被秋风吹弯的
玉米秸靠在秋天厚实的脊梁上
温暖,不是低垂的屋檐宣读的秘密

顺着山的脉搏,或许
你能听到一声苍茫的狗吠
没有九曲回旋,路也没走到尽头
你就会遇到一棵又一棵安静的树
枝丫嶙峋
像一个人在落日时刻
眺望光芒末梢无尽的细腻和柔软

止

低下来,到沟壑最后的陈述里
你会找到磨平的记忆
一半浑荒,一半沧桑

栅栏可以是门,也可以是点燃的忧伤
当一架老车静止在谷穗之上
王四窑破旧的砖瓦烙疼你梦里的村庄

当你用各种手法完成隐匿的炊烟
拓宽的古道横亘眼前
冷寂的秋天里,你饱满的想象
是否泪水涟涟

杀虎口,我的铁蹄

我想放纵一次,在杀虎口奔驰我的铁蹄
让征途和落日一样圆满
让我和临摹的长城一样沉默

我要做一个身披胡服的将士
飒爽英姿,去了粉黛和妩媚
把万千温柔和一腔豪情,拓疆千里之外

我要用胡傅温酒樽,盛满西口酒那浓烈的美
一口一大碗,不醉不归
我要把我辽阔的忧伤,整齐地点燃

我要做北魏拓跋鲜卑族的陶器,铁器,骨器
不!我只要做玉器
被历史粗糙地打磨成管状、三角形

我要把我的遗址和我的细石器
一起并列
一起葬在历史的尘埃里,不被出土

我要在梦里重温明清马蹄的韵律
在九边血染的疆场,萧萧嘶鸣
就着明月清风,想念娘亲

最后,我要在长城上烽烟四起
我要我的君王看我笑,看我哭
看我的烽火台日夜辉煌,万年不衰

最后的最后,我醒过来
在西口边陲的落日里,安静地落座
我的背影就是楚河,就是石头雕成的棋盘

我就是那些静止的兵卒
陈列在博物馆和长城的空白处
一年年,无语无言

苍头河，沙棘和雾柳

我，一定是苍头河半开的忧伤
一朝落日，就只剩下沙棘茂盛的尖刺
勾引我褴褛的乡愁

雾柳崎岖的爱情
一定会陷在湿地柔软的泥水之上
以另一种嶙峋，娓娓诉说

苍头河，当我赤裸裸地进入你的腹地
做了你幼稚的新娘，当我完成一次行程
完成这湿润了几千年的源头
请允许我第一次，或者最后一次想象

一条河和很多人
彼此不仅仅错过了沙棘
更错过了雾柳浑浊的眼泪
河道弯曲的落寞

西口古道，我的回眸

我，是西口古道青砖上落下的灰
是岁月弯刀剔出的骨刺
是蓦然回首的千行热泪

一朝记录，就是一次历史
社火是回不去的故事
我是故事里，那个北望的女子

风沙漫漫，我的等待已经石化
所有窘迫的追忆，细腻柔软
所有粗犷的回音，在叫卖声里被误读

回来吧，异地徘徊的商人
你看，古道口小石桥上
那个望穿双眼的妇人，一万年前
早已花开花落

康熙大营,我们扎寨

那就放马南山,就此安营
奶茶奶酒端上来,豪情的汉子唱出来
兵临城下的王啊,卸下你的铠甲

王,要端坐,但内心奔腾的几千铁骑
一定要旗开得胜,且让左右喝退历史
让妃子尽情妩媚
让洁白的哈达纠缠现实和梦境
让烈酒浇筑的高脚杯,满了又满

篝火旺啊,冲天的烈焰仿佛烧红了昨天
把驰骋的疲惫泼在火上,烤全羊要披红挂彩
浪子们要呐喊、要尖叫,要折柳为盟
含泪拥抱

月光白晃晃地亮起
夜色和微雨逐渐浸湿你伫立的额头
焰火已灭,恍惚间红灯笼高高挂起
梦里的人影,重重叠叠

小南山

1

小南山用省略号俘获了我
一座假山，两处流水
风声三次喧响
四面树林的涛声，忽高忽低倾诉

象征四季的雕塑，用不同颜色渲染流年
在左边，在右边
留下背影，都是徒劳的
只要步入树木的腹地
只要目光凝视蓝天

只要把摄像头抬高一些
把叹号的末尾拉长一点
就能感受到临别的含义
沉默和等待，在目光末尾
落下帷幕

观音仿佛是昨天拜过的
道路似乎是前天修砌的
人影变换间，小南山坐北朝南的气候

一转身,就湿润了

远处高楼可以再高
近处密林依然幽深
一处亭台,守在语言制造的氛围里
轻轻怀念

2

是的,这些丰盈的思绪
适合被盛夏的烈日点燃

绿可以被点燃,道路可以被点燃
心可以被点燃,真情可以被点燃

你只要站在小南山居高临下的位置
俯瞰一座城市在云烟中浮现

只要把自己当作小南山的一棵树
被双手抚摸,被雨水滋润,被幸福灌溉

你只要用一朵小花衬托广阔的内心
一个人,长久静止在小南山的清风里

慢慢徜徉,回眸一笑
看昨天曾经的荒芜,一下子繁华

看曲径通幽
人影憧憧,有谁的影子,或者没谁的影子

那些远去的故事,故事里那些人
或者被遗忘,或者被记忆

或者刻在石碑上迎着阳光
或者沉默不语,随着小南山的清风
轻轻荡漾

南山公园和背景

把小南山作为背景有点近了
把入云的风筝作为背景有点远了
远远近近的距离,在广场绿茵跑道上
迂回

笑容的背后可以是大海
也可以春暖花开
桃花灼灼的背后
夕阳的余晖晕染了谁的目光

目光里,碑文隐秘的故事
暗含了谁的流年
座椅遗留的痕迹,雕刻了谁的沧桑

一群人里,谁的风筝缠绕了谁的视线
谁的衣衫风尘落寞,长镜头对准了谁的笑脸
谁的枯枝发了新芽,盘根错节的希望
唤醒了谁的意志

谁在广场上徜徉
把幸福纵深在南山公园的中心
又是谁,在小南山的背影里落下帷幕
把明天的黑夜和白天,浓墨重彩

玉林书画院

是的,这里和尘世的界限
只是一墙之隔

墙里书香四溢,墨迹终年新鲜
油彩画会在某一个艳阳天
攀爬上木质的栏杆,翻晒昨天

墙上布满爬山虎,丛生的叶子
每一片都在翻唱生命

木轮车安静地置身院中,一座凉亭
给多少墨客顶起了日月和江山

偷闲之人,可以品茶,论诗
一壶开水,半曲古筝
两三个朋友,对面盘坐

看茶叶沉浮,古筝断断续续入心
茶杯一次次温热,清韵一回回悠然

品茶的人沉默不语,听曲的人遐思远遁
不问曲调几多荒芜,红茶绿茶之间的红尘
隔着多远的路途

在这里
可以失眠，可以失语
当黄昏把归鸦赶回巢穴
两条小狗偎依在一起大梦三千
三面房屋的红灯笼次第点燃

你可以抬头仰望清澈的星空
也可以灯下怀想圆形的年轮
可以任思绪驰骋，幻想木制的锤子
慢慢敲打你的脚心

你可以对着红灯笼播散的光芒
圈定你的江山
把一首诗轻轻吟了又吟

墙外世人鼾声入定
一颗心蘸着红尘，念着经文
提脚上岸，或入水为鱼

恍惚间，书画院仿佛就是一处古宅
书生挑灯，夜色沉寂
画作迎风曼舞，画上的人
一样失眠，一样弹琴
一样对着一杯清茶，呼气如兰

偶尔灯火微熏，脚步如飞的，轻轻入梦的
一闪就入了红尘不醒的
把一本经书撕个粉碎的
把墨汁泼在白色羽翼的——你
笑意盈盈

马头山

仿佛和好像之间,我选择侧身而入
在马头山,你最不能忽略的
除了漫山遍野葱绿的树
遍地铺满杂色的草
就是一座孤零零突起的山峰

没有鬃毛浩瀚,仅仅巨石堆砌
你可以对着它想象驰骋
也可以背对着它刻意雕琢
但你永远走不到它的血液里
白天,抑或黑夜

隐藏在山谷之中,突兀于内心之外
不能奋蹄,不能嘶鸣
所有的姿态,就是一大块石头
静静沉默在右玉蜿蜒而凸起的山梁之上

它嗅觉敏锐而尖利
和一个人的目光长久对照
就像我蜿蜒在凹凸的坡坡坎坎
和无数树,和无数在风雨里挺立起来的灵魂
盘膝,仰视,握手言欢

一双手，满山树

当一座山和满山树相遇
城市高楼和低矮小屋对称

当枯藤般长满老茧的双手，被我紧握
老泪如树干上凝固的树脂

当放眼满山满坡娇艳的绿
一副拐杖撑起近百年的骨架

当我在右玉的北辛窑村
用镜头和目光记录尹小秃的回忆

我想用诗歌记录的生命和路途
忽然那么长，忽然那么短

忽然是一百元廉价的敬畏
忽然是无数挺立在大山之中的信仰

一双枯藤般长满老茧的手
一对受病痛折磨的老人

一次又一次饱含深情的采访和报道
一回又一回车轮滚滚的来来去去

只是绝尘而来绝尘而去的曾经
只是一座深山,一处破落的村庄

只是两个孤独贫穷的老人
衬托着几百亩亲手种植的树木

和大山之外浩浩荡荡的美景
浩浩荡荡的豪情、壮志,对比鲜明

记下薛家堡

记下李达窑,薛家堡,记下马头山
我以为就记下了李云生手上的老茧
和被狐狸吃掉的鸡鸭
就记下了破落的村庄,窗户里冒出的枯草
以及孤单的一户人家傍晚的橘色灯光

我以为记下一条崎岖的路
记下一万多亩的树木
就能记住一个人的孤独和信念
在薛家堡漫山遍野蓬勃的绿色前
就能俯首端详,众多柠条黄色的小花
对照参天的白杨

一户人家,满坡树
年年花开花落的柠条
夜夜望穿月色的思索
我所有以为的纪念,原来就是
眺望马头山的苍茫
俯瞰几百亩柠条的感慨
原来,就是一双长满老茧的手
推动的日月和江河

玉龙马园，汗血马

"一匹马困在马厩里，
十匹马困在马厩里，
更多的马困在人们的心里"

它们渴望扬起鬃毛疾驰
广阔无垠的世界是多美的存在
把天空甩在白云生处
是多么激情的生命

没有什么能跑过内心的欲望
在玉林马园，汗血宝马只是一个名词
"没有什么不同""除了没看到的事物"
大大小小的马厩里
多多少少的马，被圈限
被框定，被命名

人们用皮影戏里的机械动作
喂养它们失神的目光
镜头里装下的是一匹马的背影
一扇小窗户，一把甘草叼起的时光
辐射在马具的空壳里

赛马场上的数字就是心里的数字

被一条弯曲的路赶着奔跑的速度
就是汗血宝马的速度
就是一匹流着汗血扬起尘土的马
把既定的轨道
远远甩在身后的光荣,和耻辱

右卫镇的早晨

1

右卫镇的早晨,是被朝霞唤醒的
而炊烟,是被右卫镇甜蜜的梦拉直的
磨光的石板路,又开始拥抱人们的脚印
窗棂次第打开,右卫镇用最坦诚的目光
回答昨天

用安详迎接世界,用幸福拉开序幕
用超越语言的内容,叙述流年婉转
远方逐渐明亮的轮廓,是被苍茫岁月点燃的光环
它们一直在右卫镇的早晨,用永恒证实历史

2

右卫镇的早晨,是鸡犬相闻的天下
所有事物都像一幅动静适宜的画
它们被立体铺陈
被记录,被安宁的心一点点打开褶皱
农场、村舍、店铺、街道和厚实的城墙
每一个起点,每一个终点
都是右卫镇承上启下的内涵

木质的门楣，需要过去的记忆唤醒一棵树
唤醒蓬勃的心，并借用断行留下佐证
那是历史匆忙的脚步
跨过金戈铁马树起的旗帜
向你遥遥招手，让你对着燎原的烽火
轻轻怀念

3

思想只是右卫镇瞬间累积的情怀
依然是一辆马车穿过街巷
把柴草安稳在运动的场景里

你可以站立不动，向着阳光升起的地方
记住一个村庄从早晨开始的过程
偶尔注意三三两两的小狗
轻轻依偎在古老的石磨边
看行人逐渐多了起来

多起来的，还有更温暖的光
淡淡地铺满右卫镇的额头

铁山堡,脊梁后的呼吸

我坚信,土墙也是有眼睛的
铁山堡的眼睛,就是那些破败的窑洞
传说他们只在夜晚闪烁
让目光和时光悄然对接

传说让我幻想出一个月夜
宁静的铁山堡忽然鼓声大作
将士的厮杀声和马蹄声混杂在夜风里
随着惨白游离的月色,一会儿近
一会儿远

瞬间,一切声响恢复了安静
几棵古树倾斜着身子
探视月影下的残砖破瓦
此刻,你不用回头
就能感觉脊梁后面潮湿的呼吸
把你带到古战场上,有肃杀的月光
残破的城堡,和一蓬蓬荒草掩盖下的
灵魂

落英花[①]

或许，只有在右玉，在丁家窑的云石堡
你才能和她相逢
你必须要和她的孤独面对面
才能在猛烈的朔风里
贴近她四季不变的洁白

清冷而孤傲，在山坡抑或黄土堆旁
随遇而安地开放，无须叶子的陪衬
任何风霜都不能让花朵凋零
你也无须区分季节
只要你愿意，每一个时刻都是她明媚的花期

落英花，谁给了你诗一样的名字
让你从春天开始
就镇守着云石堡千年不变的沧桑
一抹白瓷般的釉色，是你不变的年龄
镶嵌在古战场裸露的石头旁，不褪色
不凋落，冷艳而歌

[①] 落英花，云石堡一种奇特的花。花瓣洁白，四季不凋落。无论历经怎样风雨，依然孤傲地挺立在山坡石块间，远远看去，以为是塑料花。

在云石堡

1

做泥土,做一块夯满历史的泥土
做一块云石堡的泥土
沉默在右玉边塞

就着劲风
做自己内心的君王,把红色坚硬的云石
裸露在风雨铸就的沧桑

一年年被青草铭记,一回回被人力拆卸
依然是那个蘸着故事写故事的人
傲立在丁家窑乡的古堡上

用战争纪念泪水,用冲刷掉的泥土
纪念层层叠叠的昨天
一块块云石,横插在泥土里,无语无言

2

几座古堡遥遥相对,泥土被泥土佐证
每一个围着云石堡丈量的人
都有着相同的心情

草漫漫，路弯弯
城墙和古树用最崎岖的记忆
把昨天留在荒凉的剪影

牛羊攀爬在旧城墙上
谷子胡麻在安静的瓮城里，随风摇曳
这是现代文明和古战场握手的凭证

农作物的根部，一定有瓷器磨秃的豁口
就像古堡残缺的墙壁
等怀念他们的人，轻轻抚摸

3

山脊背后还是山脊
古堡突兀在山脊之上
而荒草，像高过时光的救赎者
把一片苍茫覆盖在你的心头

如果给历史一个转身
如果我真的是那块准备垒砌的泥土
如果我的压力不是因为战争和荒凉

那么，我的胸口上
是不是遍开山丹花，落英花
是不是遍插茱萸，酒香四溢

4

现在,借助砖瓦,我把自己箍紧
把自己和稻草,一起藏在窑洞里

深处还有刀枪的寒影
还有鼓声和马蹄声步步逼近

只不过是幻影模拟
只不过是泥土上的青草顾影自怜

隐蔽的云石堡,因为隐蔽,才能让历史
安静地呈现,在蓝天白云下,在泥土荒草间

右卫粮仓

1

青砖斑驳,旧容颜一回头
粮仓里就储存了明清时代的高山
汉时的流水
就让那些沉默了千年的石头和锈蚀的车轮
活成了一幅画,一些字
活成了没有时间分割的排列和组合

仿佛昨日时光悄然回归
仿佛你在现代书画和古代石器里穿越
趁着阳光正好,微风不燥
趁着时间不多不少,刚好遇见右卫

燕子在粮仓上空鸣叫、翻飞
天空蓝得深邃,云有云的自在
她们都想抒情,都想和房梁那些木质的黄色
相映生辉

2

粮仓安静地站在阳光下
仓口就像一只独特之眼,摄取了色彩

也记忆了时光
"不,她更是一张口
一张用横竖的笔画,涂抹的光影
倾诉美和爱的出口"

你的心
怎样捕捉粮仓的内涵都不为过
你甚至可以蹲下来
和那些被雕刻成狮子的石头对话
她们因为时间没有了眼睛和嘴
但她们的心和你的心,已经合二为一

3

静静地站在一幅画前
轻轻地用手触摸那些色彩
然后再慢慢地走远,你就融进了右玉沧桑的古堡
听到了遥远的马蹄,闻到了稻谷的清香
你就是那些沟壑里的绿松
就是蜿蜒在古老城墙下的羊群……

你沉浸在油画、水彩、国画和版画里
你在画壁垂下的爬山虎绿叶下
仰望生命纯粹的投入
你在木雕的、手捏的、草编的、勾线的时光里
感慨右卫粮仓复制了的
生活的精彩

4

去年的玉米还挂在茅草屋的四周
地里新长的枝叶已经又开始吐穗
摄影、陶艺、古老的钱币
以及那些沉默的,古色古香的钟表
在田园风光的粮仓周围
逐一裸露出时间的密码

于是,你更愿意手摸一副雕花的木床
看它陈列在现代汉语里
想象当年是谁从时间里走进去
又从时间里走出来
然后又纪念了几回历史
忽然和某个人,成为不说话的朋友

5

不说话的朋友,还有一辆旧式的马车
木头和木头之间,是圆形的铁钉
他们融合在一起,锈蚀在一起
挤在一起,抱在一起

木头纹理之间的空隙越来越大
时光就在这些缝隙里住下来
它们记住了路,和路上的风雨
也记住了所有的平坦和坎坷
记住了右卫镇从古到今的
沧桑巨变

6

那么多的石头磨盘,挨挨挤挤地卧在绿色的植物中
他们静静地享受粮仓温和的气息
我轻轻地坐在他们身边,感受石头
也感受他们经过的岁月

墙上有油彩绘制的眼睛,也有戏子的脸谱
色彩是明理的,心是安静的
宝宁寺头顶的蓝天是幽远的
右卫粮仓所有的花儿
都迎着阳光的方向,努力开放

大美右玉

1

右玉的美是质朴的
就像右玉人的性格
就像右玉的土地
宽阔,充满阳光的味道

银装素裹的杀虎口
仿佛用安静的白
来记录历史留下的佐证
一半沧桑,一半广阔

玉林书院静静地矗立在时光深处
油彩涂满岁月的风口
一张宣纸,能写下你大楷的人生

你,可以和好友促膝于书院温热的土炕
慢茶,豪酒,赤裸胸怀
也可以独自沉思,在蓝天底下
和一座木质的亭台,交换身形

在古色古香的书院
漫步,或者在红灯笼环绕的情绪里

找到自己

嗅一嗅木头的香味
就能嗅到墨香，油彩香，字香
和，心香

2

蜿蜒的城堡，在历史洪荒的记忆里
仿佛一个又一个贯穿生命的喉结
孤独，却又经脉相连

康熙大营是右玉迎风的旗帜
猎猎而歌，率性驰骋
而一座座耸立的蒙古包
把你的豪情润进奶茶奶酒
安抚你旅途的疲惫

苍头河沉浸在夕阳的末尾
仿佛历经坎坷的爱情
绯红的首页，在夜晚来临前徐徐打开

西口古道上，被脚步磨损的砖石
裸露着沧桑的容颜
方向依然不紧不慢地向着未知
崎岖蜿蜒

明长城也蜿蜒
小路也蜿蜒

当蜿蜒的历史安稳落座在土地之上
你所能触及的
是黄土累积起来的故事,默默倾诉

3

沙棘有着茂盛的尖刺
它们在右玉曾经贫瘠荒芜的土地上
扎根,发芽
那些酸酸甜甜的果实
仿佛右玉绿化、创业的奋斗史
不禁感慨,唏嘘
继而肃然起敬……

红是希望
黄是丰盈
右玉红黄交错的秋天,美得让人失忆
她用最绚烂的方式
陈述右玉六十多年的风雨变迁

俯瞰,牛羊静默在弯曲的河道
细细咀嚼流年
人间如静默的油画
让你进入物我相忘的境界

4

这是一片宁静的土地
梯田层层呼应,色彩块块镶嵌

这是一方安详的水域
俯瞰，能照见你濒临的内心

一排排树木耸立，满地的落叶
似乎向你讲述右玉曾经的蛮荒
如今的绚烂

这金黄的覆盖
这铺天盖地的美
让你除了留恋，更多的是感动

蓝天是清澈的
古堡是洪荒的
而历史
永远是切割世界的黄金点
让记忆，对比分明

肃立，倾听
黄昏策马扬鞭而来
一个门洞，就是一种符号
需要你静默在黄昏盛大的晚宴前
顶礼膜拜

5

冬天，当一种晶莹和一种矗立相遇
当更深的怀念和绝伦的美相遇
纯洁和白
是我能用文字最后描摹的——悠远

孑然不是孤独

而是一种旷世的独立

烽火连三月或者不连三月

都不是紧要的隘口

就用镜头容纳右玉的风情

用油彩渲染绝美的秋色

一片片，一层层

绽放的光芒，不是离别

而是更深的希望，蜿蜒回环

当远山笼罩在艳阳的幕布里

树木和土地

河流和牛羊

是右玉土地上炽烈的叹号

让你铭记一种精神，像光一样

铺满内心的原野

那神迹……